Classic

Jean-Paul Brighelli et Michel Dobransky

Jules Renard
Poil de Carotte
(Comédie en un acte)

suivi de

La Bigote
(Comédie en deux actes)

Présentation, notes, questions et après-texte établis par

ANNE LETEISSIER
professeur de Lettres au collège

MAGNARD

Sommaire

PRÉSENTATION
Qui est Jules Renard ? 5

POIL DE CAROTTE
Texte intégral 7

LA BIGOTE
Texte intégral 63

Après-texte

POUR COMPRENDRE
POIL DE CAROTTE
Étapes 1 à 8 (questions) 158
LA BIGOTE
Étapes 1 à 5 170

GROUPEMENTS DE TEXTES
I) L'enfance malheureuse 175
II) Poil de Carotte : les origines de la pièce 180

INFORMATION / DOCUMENTATION
Bibliographie, filmographie, lieux, Internet 183

QUI EST JULES RENARD ?

Jules Renard est né en 1864 à Châlons-du-Maine, près de Laval. Il est le troisième enfant du couple Renard qui s'installera rapidement à Chitry, en Bourgogne. Il est aussi le « mal-aimé » de la famille, comme en témoigne son roman *Poil de Carotte*, qui semble avoir été pour lui un moyen d'exorciser cette enfance malheureuse et brimée que lui infligea sa mère.

Après des études à Nevers, Jules part pour Paris où il commence à collaborer à différents journaux et à écrire des poèmes ainsi qu'un recueil de nouvelles qui n'auront aucun succès. Il se marie en 1888 avec Marie Morneau, dont la mère, avec laquelle vit le jeune couple, s'avère très vite insupportable ; il l'appelle d'ailleurs « la belle-mère du délire ». À la naissance de leur premier enfant, François, Mme Renard, venue chez son fils, se comporte d'une manière particulièrement désagréable avec sa bru, et Jules Renard confessera plus tard que cette attitude – autant que ses souvenirs d'enfance – aura contribué à lui faire rédiger son roman *Poil de Carotte* (1894). Ce n'est pas son premier livre (il a déjà écrit *L'Écornifleur* en 1892) et ce n'est pas non plus le dernier (il écrira notamment les *Histoires naturelles* en 1896). Mais *Poil de Carotte* le poursuivra toute sa vie et l'on retrouvera le personnage dans *La Bigote* (1909) ou encore dans *Les Cloportes* (posthume, 1919), qui est un roman en partie autobiographique. De même, le couple Lepic se retrouve dans différents textes avec les mêmes préoccupations et les mêmes désaccords profonds, qui n'étaient autres que ceux des parents de l'auteur.

En 1900, Jules Renard tirera une pièce de son roman. Celle-ci fut créée par le metteur en scène Antoine et connut un véritable triomphe qui relança le succès du roman. Le théâtre a tenu une place importante dans la vie et dans l'œuvre de Renard. Ses amis étaient comédiens, tel Sacha Guitry, dramaturges, tels Tristan Bernard ou Courteline, metteurs en scène, tel Antoine, ou directeurs de théâtre, tel Lucien Guitry. Plus tard, en 1903, Renard adaptera pour le théâtre son roman *L'Écornifleur* sous le titre *Monsieur Vernet*, qu'Antoine mettra également en scène et dont il interprétera le rôle-titre… Mais, dès 1897, est créé *Le Plaisir de rompre*, puis, en 1899, *Le Pain de ménage*.

L'âge venant, Jules Renard partagera son temps entre Paris et Chitry pour finalement devenir, comme l'avait été son père avant lui, maire du village, en 1904.

Fatigué et malade depuis 1909, il interrompt l'écriture de son *Journal* (commencé en 1887) en avril 1910 et meurt le 22 mai de cette même année.

Jules Renard
Poil de Carotte

Comédie en un acte

À notre Antoine

PERSONNAGES

M. LEPIC

POIL DE CAROTTE

Mme LEPIC

ANNETTE

M. Antoine

Mmes Suzanne Desprès

Ellen Andrée

Renée Maupin

La scène se passe à une heure de l'après-midi,
dans un village de la Nièvre.

Une cour bien «meublée», entretenue par Poil de Carotte. À droite, un tas de fagots rangés par Poil de Carotte. Une grosse bûche où Poil de Carotte a l'habitude de s'asseoir. Une brouette et une pioche.

Derrière le tas de fagots, en perspective jusqu'au fond de la cour, une grange et des petits « toits »[1] : toit des poules, toit des lapins, toit du chien. C'est dans la grange que Poil de Carotte passe le meilleur de ses vacances, par les mauvais temps.

Un arbre au milieu de la cour, un banc circulaire au pied de l'arbre.

---

1. Cabanes des poules, des lapins ou des porcs dont Poil de Carotte a la charge.

BIEN LIRE

À quel moment de la journée se déroule la scène ?

À gauche, la maison des Lepic, vieille maison à mine de prison. Un rez-de-chaussée surélevé. Murs presque aussi larges que hauts.

Au premier plan, l'escalier. Six marches et deux rampes de fer. Porte alourdie de clous. Marteau.

Au deuxième plan, une fenêtre, avec des barreaux et des volets, d'où Mme Lepic surveille d'ordinaire Poil de Carotte. Un puits, formant niche dans le mur.

Au fond, à gauche, une porte pleine dans un pan de mur. C'est par cette porte qu'entre et sort le monde, librement. Pas de sonnette. Un loquet.

Au fond, à droite, une grille pour les voitures, puis la rue et la campagne, un clair paysage de septembre : noyers, prés, meules, une ferme.

SCÈNE PREMIÈRE
POIL DE CAROTTE, M. LEPIC.

Poil de Carotte, nu-tête, est habillé maigrement. Il use les effets que son frère Félix a déjà usés. Une blouse noire, une ceinture de cuir noir avec l'écusson jaune des collégiens, un pantalon de toile grise trop court, des chaussons de lisière[1] ; pas de cravate à son col
5 *de chemise étroit et mou. Cheveux souples comme paille et couleur de paille quand elle a passé l'hiver dehors, en meule.*

M. Lepic : veston et culotte de velours, chemise blanche de « Monsieur » empesée[2] et un gilet, pas de cravate non plus, une

---

1. Chaussons faits dans une étoffe rude, en bandes étroites.
2. Amidonnée.

chaîne de montre en or. Un large chapeau de paille, des galoches[1],
10 *puis des souliers de chasse.*

Au lever de rideau, Poil de Carotte, au fond, donne de l'herbe à
ses lapins. Il vient au premier plan couper avec une pioche les
herbes de la cour. Il pioche, plein d'ennui, près de sa brouette.
M. Lepic ouvre la porte et paraît sur la première marche de l'esca-
15 *lier, un journal à la main. En entendant ouvrir la porte, Poil de*
Carotte a peur. Il a toujours peur.

M. LEPIC : À qui le tour de venir à la chasse ?

POIL DE CAROTTE : C'est à moi.

M. LEPIC : Tu es sûr ?

20 POIL DE CAROTTE : Oui, papa : tu as emmené mon frère Félix la
dernière fois, et il vient de sortir avec ma mère qui allait chez M. le
curé. Il a emporté ses lignes : il pêchera toute la soirée au moulin.

M. LEPIC : Et toi, que fais-tu là ?

POIL DE CAROTTE : Je désherbe la cour.

25 M. LEPIC : Tout de suite après déjeuner ? C'est mauvais pour
la digestion.

POIL DE CAROTTE : Ma mère dit que c'est excellent. *(Il jette la*
pioche.) Partons-nous ?

M. LEPIC : Oh ! pas si vite. Le soleil est encore trop chaud. Je
30 vais lire mon journal et me reposer.

POIL DE CAROTTE, *avec regret* : Comme tu voudras. *(Il*
ramasse sa pioche.) C'est sûr que nous irons ?

---

1. Sorte de sabots à dessus de cuir qui se portent sur des souliers ou des chaussons.

M. LEPIC : À moins qu'il ne pleuve.

POIL DE CAROTTE, *regardant le ciel* : Ce n'est pas la pluie que
35 je crains… – Tu ne partiras pas sans moi ?

M. LEPIC : Tu n'as qu'à rester là. Je te prendrai.

POIL DE CAROTTE : Je suis prêt. Je n'ai que ma casquette et
mes souliers à mettre… Et si tu sors par le jardin ?…

M. LEPIC : Tu m'entendras siffler le chien.

40 POIL DE CAROTTE : Tu me siffleras aussi ?

M. LEPIC : Sois tranquille.

POIL DE CAROTTE : Merci, papa. Je porterai ta carnassière.

M. LEPIC : Je te la prête. J'ai assez de mon fusil.

POIL DE CAROTTE : Moi, je prendrai un bâton pour taper sur
45 les haies et faire partir les lièvres. À tout à l'heure, papa. En t'at-
tendant, je désherbe ce coin-là.

M. LEPIC : Ça t'amuse ?

POIL DE CAROTTE : Ça ne m'ennuie pas. C'est fatigant, au
soleil, mais, à l'ombre, ça pioche tout seul. D'ailleurs, ma mère
50 me l'a commandé.

M. Lepic le regarde donner quelques coups de pioche et rentre.

SCÈNE II

POIL DE CAROTTE, *seul* : Par précaution, je vais renfermer le
chien qui dort. *(Il ferme la porte d'un des petits toits.)* De cette
façon, M. Lepic ne peut pas m'oublier, car il ne peut pas aller à
la chasse sans le chien, et le chien ne peut pas aller à la chasse
5 sans moi.

Un bruit de loquet à la porte de la cour. Poil de Carotte croit que c'est Mme Lepic et se remet à piocher.

SCÈNE III

POIL DE CAROTTE, ANNETTE.

Une paysanne pousse la porte et entre dans la cour. Elle regarde Poil de Carotte qui tourne le dos et pioche avec ardeur[1]. Elle traverse la cour, monte l'escalier et frappe à la porte de la maison. Poil de Carotte, étonné que Mme Lepic passe sans rien lui dire de désa-
5 *gréable, risque un œil et se redresse.*

POIL DE CAROTTE : Tiens ! ce n'est pas Mme Lepic. Qui demandez-vous… mademoiselle ?

ANNETTE. *Elle est habillée comme une paysanne qui a mis ce qu'elle avait de mieux pour se présenter chez ses nouveaux maîtres.*
10 *Bonnet blanc, caraco[2] noir, jupe grise, panier au bras* : Mme Lepic.

POIL DE CAROTTE, *sans lâcher sa pioche* : Elle est sortie.

ANNETTE : Va-t-elle rentrer bientôt ?

POIL DE CAROTTE : J'espère que oui. – Que désirez-vous ?

ANNETTE : Je suis la nouvelle servante que Mme Lepic a
15 louée[3] jeudi dernier à Lormes.

---

1. Avec énergie.
2. Corsage assez large porté par les femmes.
3. Engagée à son service en échange d'un salaire.

BIEN LIRE

L. 1-7 : Quel nouveau personnage apparaît ? Est-ce celui que l'enfant attendait ?

L. 13 : Poil de Carotte est-il sincère quand il répond : « J'espère que oui » ?

POIL DE CAROTTE, *important, lâchant sa pioche* : Je sais. Elle m'avait prévenu. Je vous attendais d'un jour à l'autre. Mme Lepic est chez M. le curé. Inutile d'entrer à la maison. Il n'y a personne que M. Lepic qui fait la sieste et qui n'aime
20 guère qu'on le dérange. Du reste, la servante ne le regarde pas. – Asseyez-vous sur l'escalier.

ANNETTE : Je ne suis pas fatiguée.

POIL DE CAROTTE : Vous venez de loin ?

ANNETTE : De Lormes. C'est mon pays.

25 POIL DE CAROTTE : Et votre malle ?

ANNETTE : Je l'ai laissée à la gare.

POIL DE CAROTTE : Est-elle lourde ?

ANNETTE : Il n'y a que des nippes[1] dedans.

POIL DE CAROTTE : Je dirai au facteur de l'apporter demain
30 matin, dans sa voiture à âne. Vous avez votre bulletin[2] ?

ANNETTE : Le voilà.

POIL DE CAROTTE : Ne le perdez pas. – Comment vous appelez-vous ?

ANNETTE : Annette Perreau.

35 POIL DE CAROTTE : Annette Perreau… Je vous appellerai Annette. C'est facile à prononcer. – Moi, je suis Poil de Carotte.

ANNETTE : Plaît-il ?

---

1. Vêtements.
2. Certificat informant des différents emplois avec éventuellement des commentaires sur la qualité du travail, les compétences, les salaires attribués.

BIEN LIRE

L. 16-30 : Comment le côté protecteur de Poil de Carotte est-il souligné ?

Est-ce bien à lui de poser ces questions à Annette ?

POIL DE CAROTTE : Poil de Carotte. – Vous savez bien ?

ANNETTE : Non.

40 POIL DE CAROTTE : Le plus jeune des fils Lepic, celui qu'on appelle Poil de Carotte. Mme Lepic ne vous a pas parlé de moi ?

ANNETTE : Du tout.

POIL DE CAROTTE : Ça m'étonne. – Vous êtes contente d'être au service de la famille Lepic ?

45 ANNETTE : Je ne sais pas. Ça dépendra.

POIL DE CAROTTE : Naturellement. – La maison est assez bonne.

ANNETTE : Il y a beaucoup de travail ?

POIL DE CAROTTE : Non. Dix mois sur douze, M. et Mme Lepic vivent seuls. Vous avez un peu de mal pendant que nous sommes

50 en vacances, mon frère et moi. Ce n'est jamais écrasant.

ANNETTE : Oh ! je suis forte.

POIL DE CAROTTE : Vous paraissez solide… D'ailleurs, je vous aide. *(Étonnement d'Annette.)* Je veux dire… *(Gêné, il s'approche.)* Écoutez, Annette : quand je suis en vacances, je ne

55 peux pas toujours jouer comme un fou ; alors, ça me distrait de vous aider… Comprenez-vous ?

ANNETTE, *écarquillant les yeux* : Non. Vous m'aidez ? À quoi, monsieur Lepic ?

POIL DE CAROTTE : Appelez-moi Poil de Carotte. C'est mon nom.

BIEN LIRE

L. 54-56 : Comment Poil de Carotte justifie-t-il son travail ? Est-ce bien sincère ?

60   ANNETTE : Monsieur Poil de Carotte.

POIL DE CAROTTE : Pas monsieur… M. Poil de Carotte !… Si Mme Lepic vous entendait, elle se tordrait. Appelez-moi Poil de Carotte, tout court, comme je vous appelle Annette.

ANNETTE : Poil de Carotte, ce n'est pas un nom de chrétien. 65 Vous avez un autre nom, un petit nom de baptême.

POIL DE CAROTTE : Il ne sert pas depuis le baptême… On l'a oublié.

ANNETTE : Où avez-vous pris ce surnom ?

POIL DE CAROTTE : C'est Mme Lepic qui me l'a donné, à 70 cause de la couleur de mes cheveux.

ANNETTE : Ils sont blonds.

POIL DE CAROTTE : Blond ardent[1]. Mme Lepic les voit rouges. Elle a de bons yeux. Appelez-moi Poil de Carotte.

ANNETTE : Je n'ose pas.

75   POIL DE CAROTTE : Puisque je vous le permets !

ANNETTE : Poil… de…

POIL DE CAROTTE : Puisque je vous l'ordonne ! – Et prenez cette habitude tout de suite, car dès demain matin, – ce soir je vais à la chasse avec M. Lepic, – dès demain matin, nous nous 80 partagerons la besogne[2].

ANNETTE : Que me dites-vous là ?

Elle rit.

---

1. De la couleur du feu.
2. Travail à faire.

BIEN LIRE

L. 69-70 : Qui a donné son surnom à Poil de Carotte ?

L. 72 : Quelle est la différence entre les cheveux « blonds » et les cheveux « blond ardent » ?

POIL DE CAROTTE, *froid* : Vous êtes de bonne humeur.

ANNETTE : Excusez-moi.

85 POIL DE CAROTTE : Oh! ça ne fait rien!... Entendons-nous, afin que l'un ne gêne pas l'autre. Nous nous levons tous deux à cinq heures et demie précises.

ANNETTE : Vous aussi ?

POIL DE CAROTTE : Oui. Je ne fais qu'un somme, mais je ne 90 peux pas rester au lit le matin. Je vous réveillerai. Nos deux chambres se touchent, près du grenier. Aussitôt levé, je m'occupe des bêtes. J'ai une passion pour les bêtes. Je porte la soupe au chien. Je jette du grain aux poules et de l'herbe aux lapins. – De votre côté, vous allumez le feu et vous préparez les déjeu-95 ners de la famille Lepic. Mme Lepic…

ANNETTE : Votre mère ?

POIL DE CAROTTE : Oui… prend du café au lait. M. Lepic…

ANNETTE : Votre père ?

POIL DE CAROTTE : Oui, – ne m'interrompez pas, Annette, – 100 M. Lepic prend du café noir et mon frère Félix du chocolat.

ANNETTE : Et vous ?

POIL DE CAROTTE : Vous, Annette, on vous gâtera les premiers jours. Vous prendrez probablement du café au lait, comme Mme Lepic. Après, elle avisera.

BIEN LIRE

L. 96 et 98 : Comment expliquez-vous les deux reprises interrogatives d'Annette ? Que montrent-elles ?

105   ANNETTE : Et vous ?

POIL DE CAROTTE : Oh ! moi, je prends ce que je veux dans le buffet : un reste de soupe, je mange un morceau de pain sur le pouce[1], je varie, ou rien. Je n'ai pas une grosse faim au saut du lit.

110   ANNETTE : Vous n'aimez pas, comme votre frère, M. Félix, le chocolat ?

POIL DE CAROTTE : Non, à cause de la peau. Toute la matinée, je travaille à mes devoirs de vacances. Vous, Annette, vous ne vous croisez pas les bras ; vous attrapez les chaussures, grais-
115 sez à fond les souliers de M. Lepic.

ANNETTE : Bien.

POIL DE CAROTTE : Ne cirez pas trop les bottines : le cirage les brûle.

ANNETTE : Bien, bien.

120   POIL DE CAROTTE : Vous faites les lits, les chambres, le ménage. Ah ! je vous tirerai vos seaux du puits ; vous n'aurez qu'à m'appeler, c'est de l'exercice pour moi… Tenez, que je vous montre. *(Il tire avec peine un seau d'eau qu'il laisse sur la margelle.)* Ça me fortifie… Tant que vous en voudrez, Annette.
125 – Cuisinez-vous un peu ?

ANNETTE : Je sais faire du ragoût.

---

1. Manger sans assiette en restant debout.

POIL DE CAROTTE : C'est toujours ça ; mais vous ne serez guère au fourneau. Mme Lepic est un cordon bleu[1], et, quand elle a bon appétit, on se lèche les doigts. – À midi sonnant, je
130 vais à la cave.

ANNETTE : Ah ! c'est vous qui avez la confiance ?

POIL DE CAROTTE : Oui, Annette, c'est moi, et puis l'escalier est dangereux. Ces fonctions me rapportent : je vends les vieilles feuillettes[2] à mon bénéfice et je place l'argent dans le
135 tiroir de Mme Lepic. – N'ayez crainte, Annette, parce que j'ai la clef de la cave, vous ne serez pas privée de vin.

ANNETTE : Oh ! une goutte à chaque repas…

POIL DE CAROTTE : Moi, jamais… Le vin me monte à la tête ; je ne bois que de notre eau, qui est la meilleure du village. –
140 Bien entendu, vous servez à table. On change d'assiettes le moins possible.

ANNETTE : Tant mieux !

POIL DE CAROTTE : C'est à cause des assiettes. Après le repas, la vaisselle. Quelquefois, je vous donne un coup de main.

145 ANNETTE : Pour la laver ?

POIL DE CAROTTE : Pour la ranger, Annette, quand on a sorti le beau service.

ANNETTE : Il y a souvent de la société[3] ?

1. Excellente cuisinière.
2. Tonneaux de 114 à 140 litres.
3. Des invités.

BIEN LIRE

L. 133-135 : Où se trouve le jeu de mots ? Qu'est-ce qui, dans la phrase précédente, permet de comprendre le double sens ?

POIL DE CAROTTE : Rarement. M. Lepic, qui n'aime pas le
150 monde, fait la tête aux invités de Mme Lepic, et ils ne reviennent plus. – Par exemple, le soir, Annette, je n'ai rien à faire.

ANNETTE : Rien ?

POIL DE CAROTTE : Presque rien. Je m'occupe à ma guise, en
fumant une cigarette.

155   ANNETTE : Oh ! Oh !

POIL DE CAROTTE : Oui, M. Lepic m'en offre quelquefois, et
ça l'amuse, parce que ça me donne un peu mal au cœur. – Je
bricole, je jardine, je cultive des fleurs, j'arrache un panier de
pommes de terre, des pois secs que j'écosse à mes moments per-
160 dus.

ANNETTE : Quoi encore ?

POIL DE CAROTTE : Oh ! je ne me foule pas. Quand vous êtes
arrivée, je désherbais la cour, sans me biler. Des oies avec leur
bec iraient plus vite que moi.

165   ANNETTE : Et c'est tout ?

POIL DE CAROTTE : C'est tout. Je fais peut-être aussi quelques
commissions pour Mme Lepic, chez l'épicière, la fermière, ou, à
la ville, chez le pharmacien… et le reste du temps, je suis libre.

ANNETTE : Et votre frère Félix, qu'est-ce qu'il fait toute la
170 journée ?

BIEN LIRE

L. 156-157 : Que révèle l'épisode de la cigarette dans le rôle que tient Poil de Carotte dans sa famille ?

L. 168 : Quel est le ton de cette remarque ?

POIL DE CAROTTE : Il n'est pas venu en vacances pour travailler. Et il n'a pas ma santé. Il est délicat...

ANNETTE : Il se soigne.

POIL DE CAROTTE : C'est son affaire... – Pendant que je me
175 repose, l'après-midi, vous, Annette, ah! ça, c'est pénible, vous allez le plus souvent à la rivière[1].

ANNETTE : Ils salissent tant de linge?

POIL DE CAROTTE : Non, mais il y a les pantalons de chasse de M. Lepic : par la pluie, il rapporte des kilos de boue. Ça
180 sèche et c'est indécrottable. Il faut savonner et taper dessus à se démettre l'épaule. Annette, les pantalons de M. Lepic se tiennent droit dans la rivière comme de vraies jambes!

ANNETTE : Il ne porte donc pas de bottes?

POIL DE CAROTTE : Ni bottes, ni guêtres[2]. Il ne se retrousse
185 même pas. M. Lepic est un vrai chasseur. – Au fond, je crois qu'il patauge exprès pour contrarier Mme Lepic...

ANNETTE, *curieuse* : Ils se taquinent?

POIL DE CAROTTE :... mais, comme ce n'est pas Mme Lepic qui va à la rivière, il ne contrarie que vous. Tant pis pour
190 vous, ma pauvre Annette, je n'y peux rien : vous êtes la servante.

ANNETTE : Ils sont sévères?

---

1. C'est là qu'on lavait le linge.
2. Paire de morceaux de cuir souple ou de tissu qui enveloppent chacun le haut de la chaussure et le bas de la jambe.

BIEN LIRE

L. 185-186 : Quelle est, d'après cette remarque, la situation du couple Lepic ?

POIL DE CAROTTE, *confidentiel* : Écoutez, Annette, sans quoi vous feriez fausse route : c'est M. Lepic qui a l'air sévère et c'est

195 Mme Lepic… chut! *(Il entend du bruit et se précipite sur sa pioche. Une femme passe dans la rue. Il se rassure.)* Ce chardon m'agaçait… Oui, Annette. *(Il jette sa pioche, s'assied dans la brouette, met une corbeille de pois sur ses genoux et écosse. Annette en prend une poignée.)* Oh! laissez, profitez de votre reste[1]… – Oui, Annette,

200 M. Lepic, à première vue, impressionne, mais on ne le voit guère. Il est tout le temps dehors, à Paris, pour un procès interminable, ou à la chasse pour notre garde-manger. À la maison, c'est un homme préoccupé et taciturne[2]. Il ne rit que dans sa barbe, et encore! il faut que mon frère Félix soit bien drôle… Il aime

205 mieux se faire comprendre par un geste que par un mot. S'il veut du pain, il ne dit pas : « Annette, donnez-moi le pain. » Il se lève et va le chercher lui-même, jusqu'à ce que vous preniez l'habitude de vous apercevoir qu'il a besoin de pain.

ANNETTE : C'est un original[3].

210 POIL DE CAROTTE : Vous ne le changerez pas.

ANNETTE : Il vous aime bien?

POIL DE CAROTTE : Je le suppose. Il m'aime à sa manière, silencieusement.

ANNETTE : Il n'a donc pas de langue?

215 POIL DE CAROTTE : Si, Annette, à la chasse, une fameuse pour son chien. Il n'en a pas pour la famille.

---

1. « Profitez du temps libre qu'il vous reste. »
2. Peu bavard, renfermé avec une notion de tristesse.
3. Se dit d'une personne de forte personnalité et qui ne se comporte pas comme tout le monde.

ANNETTE : Même pour se disputer avec Mme Lepic ?

POIL DE CAROTTE : Non. Mais Mme Lepic parle et se dispute toute seule, et, plus M. Lepic se tait, plus elle cause avec tout le
220 monde, avec M. Lepic qui ne répond pas, avec frère Félix qui répond quand il veut, avec moi qui réponds quand elle veut, et avec le chien qui remue la queue.

ANNETTE : Elle est toquée ?

POIL DE CAROTTE : Vous dites ? – Faites attention, Annette,
225 elle n'est pas sourde.

ANNETTE : Elle est maligne ?

POIL DE CAROTTE : Pour vous, la servante, elle est bien, en moyenne. Tantôt elle vous appelle « ma fille », et tantôt « espèce d'hébétée[1] » ; pour M. Lepic, elle est comme si elle n'existait
230 pas ; pour mon frère Félix, c'est une mère. Elle l'adore.

ANNETTE : Et pour vous ?

POIL DE CAROTTE, *vague* : C'est une mère aussi.

ANNETTE : Elle vous adore ?

POIL DE CAROTTE : Nous n'avons pas, Félix et moi, la même
235 nature.

ANNETTE : Elle vous déteste, hein ?

---

1. Stupide.

BIEN LIRE

L. 218-222 : Quelle impression se dégage de cette réplique ? En quoi peut-on dire que M. et Mme Lepic sont parfaitement opposés ?

L. 234-235 : Comment comprenez-vous la réplique de Poil de Carotte : « Nous n'avons pas, Félix et moi, la même nature » ?

POIL DE CAROTTE : Personne ne le sait, Annette. Les uns disent qu'elle ne peut pas me souffrir, et, les autres, qu'elle m'aime beaucoup, mais qu'elle cache son jeu.

240   ANNETTE : Vous devez le savoir mieux que n'importe qui.

POIL DE CAROTTE. *Il se lève et pose la corbeille de pois près du mur* : Si elle cache son jeu, elle le cache bien.

ANNETTE : Pauvre petit monsieur !…

POIL DE CAROTTE : Une dernière recommandation, Annette.

245 N'oubliez pas, à la tombée de la nuit…

ANNETTE : Vous avez l'air plutôt gentil.

POIL DE CAROTTE : Ah ! vous trouvez ?… Il paraît qu'il ne faut pas s'y fier.

ANNETTE : Non ?

250   POIL DE CAROTTE : Il paraît.

ANNETTE : Vous avez des petits défauts ?

POIL DE CAROTTE : Des petits et des gros. Je les ai tous. *(Il compte sur ses doigts.)* Je suis menteur, hypocrite, malpropre – ce qui ne m'empêche pas d'être paresseux et têtu…

255   ANNETTE : Tout ça à la fois ?

POIL DE CAROTTE : Et ce n'est pas tout. J'ai le cœur sec et je ronfle… Il y a peut-être autre chose… Ah ! je boude, et c'est même là peut-être le principal de mes défauts. On affirme que, malgré les coups, je ne m'en corrigerai jamais…

260   ANNETTE : Elle vous bat ?

POIL DE CAROTTE : Oh ! quelques gifles.

ANNETTE : Elle a la main leste ?

POIL DE CAROTTE : Une raquette.

ANNETTE : Elle vous donne de vraies gifles ?

265 POIL DE CAROTTE, *léger* : Ça ne me fait pas de mal ; j'ai la peau dure. C'est plutôt le procédé qui m'humilie, parce que je commence à être un grand garçon. Je vais avoir seize ans.

ANNETTE : Je ne peux pas me figurer que vous êtes un mauvais sujet.

270 POIL DE CAROTTE : Patience, vous y viendrez.

ANNETTE : Je ne crois pas.

POIL DE CAROTTE : Mᵐᵉ Lepic vous y amènera.

ANNETTE : Si je veux.

POIL DE CAROTTE : De gré ou de force, Annette ; elle vous 275 retournera comme une peau de lièvre, et je ne vous conseille pas de lui résister.

ANNETTE : Elle me mangerait ?

POIL DE CAROTTE : Elle se gênerait !…

ANNETTE : Bigre !

280 POIL DE CAROTTE : Je veux dire qu'elle vous flanquerait à la porte.

ANNETTE : Si je m'en allais tout de suite ?

POIL DE CAROTTE, *inquiet* : Attendez quelques jours. Mᵐᵉ Lepic fera bon accueil à votre nouveau visage. Comptez 285 sur un mois d'agrément avec elle et, jusqu'à ce qu'elle vous

---

BIEN LIRE

L. 242 : Que signifie cette expression ? Pourquoi montre-t-elle la détresse de Poil de Carotte ?

L. 263 : Que signifie la métaphore « une raquette » ?

L. 283 : Comment comprenez-vous la didascalie « inquiet » ?

prenne en grippe, demeurez ici, Annette ; vous n'y serez pas plus mal qu'ailleurs, et… je vous aime autant qu'une autre.

ANNETTE : Je vous conviens ?

POIL DE CAROTTE : Vous ne me déplaisez pas, et je suis per-
290 suadé que, si chacun de nous y met du sien[1], ça ira tout seul.

ANNETTE : Moi, je le souhaite.

POIL DE CAROTTE : Mais dites toujours comme Mme Lepic, soyez toujours avec elle, contre moi.

ANNETTE : Ce serait joli !

295 POIL DE CAROTTE : Au moins faites semblant, dans notre intérêt ; rien ne nous empêchera, quand nous serons seuls, de redevenir camarades.

ANNETTE : Oh ! je vous le promets.

POIL DE CAROTTE : Vous voyez comme j'ai le cœur sec,
300 Annette : je me confie à la première venue.

ANNETTE : Le fait est que vous n'êtes pas fier.

POIL DE CAROTTE : Je vous prie seulement de ne jamais me tutoyer. L'autre servante me tutoyait sous prétexte qu'elle était vieille, et elle me vexait. Appelez-moi Poil de Carotte comme
305 tout le monde…

ANNETTE, *discrètement* : Non, non.

POIL DE CAROTTE :… ne me tutoyez pas.

---

1. Si chacun fait un effort.

BIEN LIRE

L. 295-297 : Pourquoi Poil de Carotte conseille-t-il à Annette de « faire semblant » ?

L. 299 : Que veut montrer Poil de Carotte en disant qu'il a « le cœur sec » ? Est-il sincère ?

ANNETTE : Je ne suis pas effrontée[1]. Je vous jure que…

POIL DE CAROTTE : C'est bon, c'est bon, Annette. – Je vous
310 disais que j'ai une dernière recommandation à vous faire.
M. Lepic et moi, nous irons tout à l'heure à la chasse. Comme
on rentre tard, j'avale ma soupe et je me couche, éreinté.
N'oubliez donc pas, ce soir, de fermer les bêtes. D'ailleurs, c'est
toujours vous qui les fermez.

315 ANNETTE : Un pas de plus ou de moins !

POIL DE CAROTTE : Oh ! oh ! Annette, les premières fois que
vous traverserez cette cour noire de nuit, sans lanterne, la pluie
sur le dos, le vent dans les jupes…

ANNETTE : J'aurai de la veine si j'en réchappe…

320 POIL DE CAROTTE : Hier soir, vous n'étiez pas là : j'ai dû les
fermer, et je vous certifie, Annette, que ça émotionne[2].

ANNETTE : Vous êtes donc peureux ?

POIL DE CAROTTE : Oh ! non ! permettez, je ne suis pas peureux. Mme Lepic vous le dira elle-même ; je suis tout ce qu'elle
325 voudra, mais je suis brave. Regardez cette grange. C'est là que
je me réfugie quand il fait de l'orage. Eh bien ! Annette, les plus
gros coups de tonnerre ne m'empêchent pas d'y continuer une
partie de pigeon vole !

ANNETTE : Tout seul ?

1. Impolie, insolente.
2. Verbe familier qui signifie
« toucher », « émouvoir ».

BIEN LIRE

**L. 332-333 : À quoi joue Poil de Carotte dans
la grange ? Qu'est-ce que cette confidence
révèle sur la vie du personnage ?**

330   POIL DE CAROTTE : C'est aussi amusant qu'à plusieurs. Quand j'ai un gage, j'embrasse ma main ou le mur. Vous voyez si j'ai peur ! Mais chacun nos besognes, Annette : une des vôtres, d'après les instructions de Mme Lepic, c'est de fermer les bêtes, le soir, et vous les fermerez.

335   ANNETTE : Oh ! c'est inutile de nous chamailler déjà : je veux bien, je ne suis pas poltronne.

POIL DE CAROTTE : Moi non plus ! Annette, je n'ai peur de rien, ni de personne. Parfaitement, de personne. *(Avec autorité.)* Mais il s'agit de savoir qui de nous deux ferme les bêtes ; or, la 340 volonté de Mme Lepic, sa volonté formelle…

Mme LEPIC, *surgissant* : Poil de Carotte, tu les fermeras tous les soirs.

SCÈNE IV
LES MÊMES, Mme LEPIC.

Bandeaux plats[1], robe princesse[2] marron, une broche au cou, une ombrelle à la main.

Au moment où Poil de Carotte disait : « Je n'ai peur de rien, ni de personne », elle avait ouvert la porte et elle écoutait, surpre- 5 *nante, droite, sèche, muette, sa réponse prête.*

POIL DE CAROTTE : Oui, maman.

---

1. Cheveux plaqués et tirés sur les côtés de la tête.
2. Robe ajustée à la taille et large du bas.

Il attrape sa pioche et il offre son dos ; il se rétrécit, il semble creuser un trou dans la terre pour se fourrer dedans.

ANNETTE, *curieuse et intimidée ; elle salue Mᵐᵉ Lepic* :
10 Bonjour, Madame.

Mᵐᵉ LEPIC : Bonjour, Annette. Il y a longtemps que vous êtes là ?

ANNETTE : Non, Madame, un quart d'heure.

Mᵐᵉ LEPIC, *à Poil de Carotte* : Tu ne pouvais pas venir me chercher ?

15 POIL DE CAROTTE : J'y allais, maman.

Mᵐᵉ LEPIC : J'en doute.

POIL DE CAROTTE : N'est-ce pas, Annette ?

ANNETTE : Oui, madame.

Mᵐᵉ LEPIC : Tu pouvais au moins la faire entrer. On ne t'apprend pas la politesse, à ton collège ?
20

ANNETTE : J'étais bien là, Madame, et je causais avec monsieur votre fils…

Mᵐᵉ LEPIC, *soupçonneuse* : Ah ! vous causiez avec monsieur mon fils Poil de Carotte… C'est un beau parleur.

25 POIL DE CAROTTE : Maman, je la renseignais.

Mᵐᵉ LEPIC, *à Poil de Carotte* : Sur ta famille. *(À Annette :)* Il a dû vous en dire.

ANNETTE : Lui, Madame ! C'est un trop bon petit jeune homme.

BIEN LIRE

L. 1-8 : Comment l'opposition entre l'attitude de la mère et celle du fils est-elle indiquée ?

L. 7 : Comment comprenez-vous l'expression « il offre son dos » ?

Mme LEPIC : Oh ! oh Annette, il n'a pas perdu son temps avec
30 vous… *(À Poil de Carotte :)* Ôte donc tes mains de tes poches.
Je finirai par te les coudre. *(Poil de Carotte ôte sa main de sa
poche.)* Regardez ces baguettes de tambour. Il userait un pot de
pommade tous les matins si on lui en donnait. *(Poil de Carotte
rabat ses cheveux.)* Et ta cravate ?

35 POIL DE CAROTTE *cherche à son cou* : Tu dis que je n'ai pas
besoin de cravate à la campagne.

Mme LEPIC : Oui, mais tu as encore sali ta blouse. Il n'y aurait
qu'une crotte de boue sur la terre, elle serait pour toi.

POIL DE CAROTTE. *En louchant, il remarque que son épaule est*
40 *grise de terre* : C'est la pioche.

Mme LEPIC, *accablée de lassitude* : Tu pioches ta blouse, maintenant !

ANNETTE *pose son panier sur le blanc* : Je vais lui donner un
coup de brosse, Madame.

Mme LEPIC : Mais il a fait votre conquête, Annette !… Vous
45 avez de la chance, d'être dans les bonnes grâces de Poil de
Carotte. N'y est pas qui veut. Laissez, il se brossera sans domes-
tique. *(Prévenante.)* Vous devez être lasse, ma fille ; entrez à la
maison vous rafraîchir, et vous prendrez un peu de repos dans
votre chambre. *(Elle ouvre la porte, et du haut de l'escalier :)* Poil
50 de Carotte, monte de la cave une bouteille de vin.

BIEN LIRE

**L. 39-50 : Comment la différence de comportement est-elle marquée
dans ce passage ?**
**L. 41 : En quoi l'attitude de Mme Lepic « accablée de lassitude » est-
elle exagérée ?**

POIL DE CAROTTE : Oui, maman.

Mme LEPIC : Et cours à la ferme chercher un bol de crème.

POIL DE CAROTTE : Oui, maman.

Mme LEPIC : Trotte ! Ensuite… *(À Annette :)* Votre malle est à
55 la gare ?

ANNETTE : Oui, Madame.

Mme LEPIC : Poil de Carotte ira la prendre sur sa brouette.

POIL DE CAROTTE : Ah !

Mme LEPIC : Ça te gêne ?

60 POIL DE CAROTTE : Je me dépêcherai.

Mme LEPIC : Tu as le feu au derrière ?

POIL DE CAROTTE : Non, maman, mais je dois aller à la
chasse, tout à l'heure, avec papa.

Mme LEPIC : Eh bien ! tu n'iras pas à la chasse tout à l'heure
65 avec « papa ».

POIL DE CAROTTE : C'est que mon papa…

Mme LEPIC : Je t'ai fait déjà observer qu'il était ridicule, à ton
âge, de dire « mon papa ».

POIL DE CAROTTE : C'est que mon père me demande d'y
70 aller, et que j'ai promis.

Mme LEPIC : Tu dépromettras. – Où est-il, ton père ?

POIL DE CAROTTE : Il fait sa sieste.

BIEN LIRE

L. 57-58 : Est-ce ce qu'il comptait faire d'abord ? Pourquoi cela le
contrarie-t-il ?

L. 62-71 : Que révèle ce jeu sur le mot « papa » ? Comparez-le avec
les répliques « Oui, ma mère – Oui, maman » (p. 32, l. 80).

L. 64-65 : Que signifient les guillemets dans la reprise de Mme Lepic ?

Mme LEPIC. *Elle redescend vers Poil de Carotte qui recule et lève le coude* : Pourquoi ce mouvement ? Annette va croire que je te
75 fais peur. – Je ne veux pas que tu ailles à la chasse.

POIL DE CAROTTE : Bien, maman. Qu'est-ce qu'il faudra dire à mon père ?

Mme LEPIC : Tu diras que tu as changé d'idée. C'est inutile de te creuser la tête. Tu m'entends ? Si tu répondais quand je te parle ?

80 POIL DE CAROTTE : Oui, ma mère. – Oui, maman.

Mme LEPIC, *même ton* : « Oui, maman. » – Tu boudes ?

POIL DE CAROTTE : Je ne boude pas.

Mme LEPIC : Si, tu boudes. Pourquoi ? Tu n'y tenais guère, à cette partie de chasse.

85 POIL DE CAROTTE, *révolte sourde* : Je n'y tenais pas.

Mme LEPIC : Oh ! tête de bois ! *(Elle remonte l'escalier.)* Ah ! ma pauvre Annette ! On ne le mène pas comme on veut, celui-là !

ANNETTE : Il a pourtant l'air bien docile.

Mme LEPIC : Lui, rien ne le touche. Il a un cœur de pierre, il
90 n'aime personne. N'est-ce pas, Poil de Carotte ?

POIL DE CAROTTE : Si, maman.

Mme LEPIC, *qui sait ce qu'elle dit* : « Non, maman. » Ah ! si je n'avais pas mon Félix !

Elle entre avec Annette et ferme la porte, mais elle la retient.
95 *C'est une de ses roueries*[1].

---

1. Actions pleines de ruses et de dissimulations.

BIEN LIRE

L. 94-95 : À quel jeu de scène celui-ci fait penser ? En quoi est-il révélateur du caractère de Mme Lepic ?

POIL DE CAROTTE : Rasée, ma partie de chasse! Ça m'apprendra, une fois de plus!

Mme LEPIC *rouvre la porte* : As-tu fini de marmotter entre tes dents?

100 *Elle entend M. Lepic et ferme la porte. Poil de Carotte se remet à piocher. M. Lepic paraît à la grille, le fusil en bandoulière et la carnassière à la main pour Poil de Carotte.*

SCÈNE V
POIL DE CAROTTE, M. LEPIC, *puis* ANNETTE.

M. LEPIC : Allons, y es-tu?

POIL DE CAROTTE : Ma foi, papa, je viens de changer d'idée. – Je ne vais pas à la chasse.

M. LEPIC : Qu'est-ce qui te prend?

5 POIL DE CAROTTE : Ça ne me dit plus.

M. LEPIC : Quel drôle de bonhomme tu fais!… À ton aise, mon garçon.

Il met sa carnassière.

POIL DE CAROTTE : Tu te passeras bien de moi?

10 M. LEPIC : Mieux que de gibier.

ANNETTE *vient à Poil de Carotte, un bol à la main* : Mme Lepic m'envoie vous dire d'aller vite à la ferme chercher le bol de crème.

POIL DE CAROTTE, *jetant sa pioche* : J'y vais. *(À M. Lepic qui*
15 *s'éloigne :)* Au revoir, papa, bonne chasse!

ANNETTE : C'est M. Lepic?

POIL DE CAROTTE : Oui.

ANNETTE : Il a l'air maussade[1].

POIL DE CAROTTE : Il n'aime pas que je lui souhaite bonne
20 chasse : ça porte guigne[2].

ANNETTE : Vous lui avez répété que Mme Lepic vous avait
défendu de le suivre ?

POIL DE CAROTTE : Mais non, Annette. N'auriez-vous pas
compris Mme Lepic ? J'ai dit simplement que je venais de chan-
25 ger d'idée.

ANNETTE : Il doit vous trouver capricieux.

POIL DE CAROTTE : Il s'habitue.

ANNETTE : Comme Mme Lepic vous a parlé !

POIL DE CAROTTE : Pour votre arrivée, elle a été convenable.

30 ANNETTE : Oui ! J'en étais mal à mon aise.

POIL DE CAROTTE : Vous vous y habituerez.

ANNETTE : Moi, à votre place, j'aurais dit la vérité à M. Lepic.

POIL DE CAROTTE, *prenant le bol des mains d'Annette* : Qu'est-
ce que je désire, Annette ? Éviter les claques. Or, quoi que je
35 fasse, M. Lepic ne m'en donne jamais ; il n'est même pas assez
causeur pour me gronder, tandis qu'au moindre prétexte
Mme Lepic…

> *Il lève la main, lâche le bol, et regarde la fenêtre.*

---

1. Renfrogné,
grognon, triste.
2. Malchance.

BIEN LIRE

L. 23-25 : En quoi cette réplique souligne l'influence et la tyrannie de Mme Lepic ?

L. 33-37 : Pourquoi Poil de Carotte renonce-t-il à sa partie de chasse ? Quel est son calcul ?

ANNETTE. *Elle ramasse les morceaux du bol* : N'ayez pas peur,
40 c'est moi qui l'ai cassé... – À votre place j'aurais dit la vérité.

POIL DE CAROTTE : Je suppose, Annette, que je dénonce
Mme Lepic et que M. Lepic prenne mon parti : pensez-vous
que, si M. Lepic attrapait Mme Lepic à cause de moi,
Mme Lepic, à son tour, ne me rattraperait pas dans un coin ?

45 ANNETTE : Vous avez un père... et une mère !

POIL DE CAROTTE : Tout le monde ne peut pas être orphelin.

M. LEPIC. *Il reparaît à la grille de la cour* : Où diable est donc
le chien ? Il y a une heure que je l'appelle.

POIL DE CAROTTE : Dans le toit, papa.

50   *Il va pour ouvrir la porte du chien.*

M. LEPIC : Tu l'avais enfermé ?

POIL DE CAROTTE, *malgré lui* : Oui, – par précaution, – pour toi.

M. LEPIC : Pour moi seulement ? C'est singulier. Poil de
Carotte, prends garde. Tu as un caractère bizarre, je le sais, et
55 j'évite de te heurter. Mais ce que je refuse d'admettre, c'est que
tu te moques de moi.

POIL DE CAROTTE : Oh ! papa, il ne manquerait plus que ça.

M. LEPIC : Bougre ! si tu ne te moques pas, explique tes
lubies**1**, et pourquoi tu veux et brusquement tu ne veux plus la
60 même chose.

---

1. Idées capricieuses, pas raison-
nables.

**L. 46 : En quoi cette réplique est-elle
chargée d'amertume ?**

ANNETTE. *Elle s'approche de Poil de Carotte* : Expliquez. *(À M. Lepic :)* Bonjour, Monsieur.

POIL DE CAROTTE, *à M. Lepic, étonné* : La nouvelle servante, papa ; elle arrive, elle n'est pas au courant.

65 ANNETTE : Expliquez que ce n'est pas vous qui ne voulez plus.

POIL DE CAROTTE : Annette, si vous vous mêliez de ce qui vous regarde !

M. LEPIC : Ce n'est pas toi ? Qu'est-ce que ça signifie ? Réponds. Répondras-tu, à la fin, bon Dieu !

70 *Poil de Carotte, du pied, gratte la terre.*

SCÈNE VI
LES MÊMES, Mᵐᵉ LEPIC.

Mᵐᵉ LEPIC. *Elle ouvre la fenêtre, d'où elle voyait sans entendre, et d'une voix douce* : Annette, vous avez dit à mon fils Poil de Carotte de passer à la ferme ?

ANNETTE : Oui, Madame.

5 Mᵐᵉ LEPIC : Tu as le temps, n'est-ce pas, Poil de Carotte, puisque ça ne te dit plus d'aller à la chasse ?

POIL DE CAROTTE, *comme délivré* : Oui, maman.

ANNETTE, *outrée, bas à M. Lepic* : C'est elle qui le lui a défendu.

10 Mᵐᵉ LEPIC : Va, mon gros, ça te promènera.

M. LEPIC : Ne bouge pas.

Mᵐᵉ LEPIC : Dépêche-toi, tu seras bien aimable.

Poil de Carotte s'élance.

M. LEPIC : Je t'ai dit de ne pas bouger.

15   *Poil de Carotte, entre deux feux, s'arrête.*

Mme LEPIC : Eh bien ! mon petit Poil de Carotte ?

M. LEPIC, *sans regarder Mme Lepic* : Qu'on le laisse tranquille !

        Poil de Carotte s'assied, d'émotion.

Mme LEPIC, *interdite* : Si vous rentriez, Annette, au lieu de
20 bâiller au nez de ces messieurs ?

        Elle ferme à demi la fenêtre.

ANNETTE : Oui, Madame. *(Elle s'approche de Poil de Carotte.)*
Vous voyez.

POIL DE CAROTTE : Vous avez fait un beau coup.

25 ANNETTE : Je ne mens jamais, moi.

POIL DE CAROTTE : C'est un tort. Vous ne ferez pas long feu ici.

ANNETTE : Oh ! je trouverai des places ailleurs. Je suis une
brave fille.

POIL DE CAROTTE *grogne* : Je m'en fiche pas mal.

30 ANNETTE : Vous êtes fâché contre moi ?…

Mme LEPIC *rouvre la fenêtre d'impatience* : Annette !

M. LEPIC *tend sa carnassière qu'il donne à Annette avec le fusil* :
Emportez !

ANNETTE : Il n'est pas chargé, au moins ?

35 M. LEPIC : Si.

        Annette rentre à la maison.

BIEN LIRE

L. 27-28 : Annette a-t-elle l'intention de rester chez les Lepic ?
L. 33-36 : Quel peut être le double sens de la réponse de M. Lepic ?

SCÈNE VII

POIL DE CAROTTE, M. LEPIC.

M. LEPIC : Et maintenant, veux-tu me répondre ?

POIL DE CAROTTE : Cette fille aurait bien dû tenir sa langue, mais elle dit la vérité ma mère me défend d'aller ce soir à la chasse.

M. LEPIC : Pourquoi ?

5 POIL DE CAROTTE : Ah ! demande-le-lui.

M. LEPIC : Elle te donne un motif ?

POIL DE CAROTTE : Elle n'a pas de comptes à me rendre.

M. LEPIC : Elle a besoin de toi ?

POIL DE CAROTTE : Elle a toujours besoin de moi.

10 M. LEPIC : Tu lui as fait quelque chose ?

POIL DE CAROTTE : Je le saurais. Quand je fais quelque chose à ma mère, elle me le dit et je paye tout de suite. Mais j'ai été très sage cette semaine.

M. LEPIC : Ta mère te défendrait de venir à la chasse ?

15 POIL DE CAROTTE : Elle me défend ce qu'elle peut.

M. LEPIC : Avec moi ?

POIL DE CAROTTE : Justement.

M. LEPIC : Sans aucune raison ?… Qu'est-ce que ça peut lui faire ?

20 POIL DE CAROTTE : Ça lui déplaît, parce que ça me fait plaisir.

M. LEPIC : Tu te l'imagines !

POIL DE CAROTTE : Déjà tu te méfies…

M. LEPIC. *Il fait quelques pas de long en large, s'approche de Poil de Carotte et lui passe la main dans les cheveux* : Redresse donc tes

25 bourraquins[1], ils te tombent toujours dans les yeux… Qu'est-ce que tu as sur le cœur ? *(Silence de Poil de Carotte oppressé[2].)* Parle.

POIL DE CAROTTE *se dresse, résolu* : Papa, je veux quitter cette maison.

M. LEPIC : Qu'est-ce que tu dis ?

30 POIL DE CAROTTE : Je voudrais quitter cette maison.

M. LEPIC : Parce que ?

POIL DE CAROTTE : Parce que je n'aime plus ma mère.

M. LEPIC, *narquois[3]* : Tu n'aimes plus ta mère, Poil de Carotte ? Ah ! c'est fâcheux. Et depuis quand ?

35 POIL DE CAROTTE : Depuis que je la connais – à fond.

M. LEPIC : Voilà un événement, Poil de Carotte. C'est grave, un fils qui n'aime plus sa mère.

POIL DE CAROTTE : Je te prie, papa, de m'indiquer le meilleur moyen de me séparer d'elle.

40 M. LEPIC : Je ne sais pas. Tu me surprends. Te séparer de ta mère ! Tu ne la vois qu'aux vacances, deux mois par an.

POIL DE CAROTTE : C'est deux mois de trop. – Écoute, papa, il y a plusieurs moyens : d'abord, je pourrais rester au collège toute l'année.

---

1. Terme désignant les cheveux de Poil de Carotte.
2. Gêné physiquement et moralement.
3. Malicieux, moqueur.

BIEN LIRE

L. 15 : Comment expliquez-vous cette réplique ?

L. 33 : Que laisse supposer l'indication scénique « narquois » quant à la façon dont M. Lepic reçoit l'information de Poil de Carotte ?

L. 41 : En quoi la remarque : « Tu ne la vois que […] deux mois par an » montre-t-elle bien que la vie de Poil de Carotte chez lui est infernale ?

45   M. LEPIC : Tu t'y ennuierais à périr.

POIL DE CAROTTE : Je bûcherais, je préparerais la classe suivante. Autorise-moi à passer mes vacances au collège.

M. LEPIC : On ne te verrait plus d'un bout de l'année à
l'autre ?

50   POIL DE CAROTTE : Tu viendrais me voir là-bas.

M. LEPIC : Les voyages d'agrément coûtent cher.

POIL DE CAROTTE : Tu profiteras de tes voyages d'affaires –
avec un petit détour.

M. LEPIC : Tu nous ferais remarquer, car la faveur que tu
55 réclames est réservée aux élèves pauvres.

POIL DE CAROTTE : Tu dis souvent que tu n'es pas riche.

M. LEPIC : Je n'en suis pas là. On croirait que je t'abandonne.

POIL DE CAROTTE : Alors, laissons mes études. Retire-moi du
collège sous prétexte que je n'y progresse pas, et je prendrai un
60 métier.

M. LEPIC : Lequel choisiras-tu ?

POIL DE CAROTTE : Il n'en manque pas dans le commerce,
l'industrie et l'agriculture.

M. LEPIC : Veux-tu que je te mette chez un menuisier de la
65 ville ?

POIL DE CAROTTE : Je veux bien.

M. LEPIC : Ou chez un cordonnier ?

POIL DE CAROTTE : Je veux bien, pourvu que je gagne ma vie.

M. LEPIC : Oh ! tu me permettrais de t'aider encore ?

70   POIL DE CAROTTE : Certainement, une année ou deux, s'il le
fallait.

M. LEPIC : Tu rêves, Poil de Carotte ! Me suis-je imposé de grands sacrifices pour que tu cloues des semelles ou que tu rabotes des planches ?

75 POIL DE CAROTTE, *découragé* : Ah ! papa, tu te joues de moi[1] !

M. LEPIC : Franchement, tu le mérites. Y penses-tu ? Ton frère bachelier, peut-être, et toi savetier[2] !

POIL DE CAROTTE : Papa, mon frère est heureux dans sa famille.

80 M. LEPIC. *Il va s'asseoir sur le banc* : Et toi, tu ne l'es pas ? Pour quelques petites scènes ? Des misères d'enfant !

POIL DE CAROTTE, *un peu à lui-même* : Il y a des enfants si malheureux qu'ils se tuent !

M. LEPIC : C'est bien rare.

85 POIL DE CAROTTE : Ça arrive.

M. LEPIC, *toujours narquois* : Tu veux te suicider ?

POIL DE CAROTTE : De temps en temps.

M. LEPIC : Tu as essayé ?

POIL DE CAROTTE : Deux fois.

90 M. LEPIC : Quand on se rate la première fois, on se rate toujours.

POIL DE CAROTTE : Je reconnais que, la première fois, je n'étais pas bien décidé. Je voulais seulement voir l'effet que ça fait. J'ai tiré un seau du puits et j'ai mis ma tête dedans. Je fermais le nez
95 et la bouche et j'attendais l'asphyxie quand, d'une seule calotte,

---

1. *Se jouer de quelqu'un* : « ne pas le prendre au sérieux », « se moquer ».
2. Cordonnier.

Mme Lepic – ma mère ! – renverse le seau et me donne de l'air. *(Il rit. M. Lepic rit dans sa barbe.)* Je n'étais pas noyé : je n'étais qu'inondé de la tête aux pieds. Ma mère a cru que je ne savais qu'inventer pour salir notre eau et empoisonner ma famille.

100   M. LEPIC : À propos de quoi te noyais-tu ?

POIL DE CAROTTE : Je ne me rappelle plus ce que j'avais fait, ce jour-là, à ma mère. Mon premier suicide n'est qu'une gaminerie : j'étais trop petit. Le second a été sérieux.

M. LEPIC : Oh ! oh ! cette figure ! Poil de Carotte.

105   POIL DE CAROTTE : J'ai voulu me pendre.

M. LEPIC : Et te voilà. Tu n'avais pas plus envie de te pendre que de te jeter à l'eau.

POIL DE CAROTTE : J'étais monté sur le fenil de la grange. J'avais attaché une corde à la grosse poutre, tu sais ?

110   M. LEPIC : Celle du milieu.

POIL DE CAROTTE : J'avais fait un nœud, et, le cou dedans, les pieds joints au bord du fenil, les bras croisés, comme ça...

M. LEPIC : Oui, oui...

POIL DE CAROTTE : Je voyais le jour par les fentes des tuiles.

115   M. LEPIC, *troublé* : Dépêche-toi donc.

POIL DE CAROTTE : J'allais sauter dans le vide, on m'appelle.

M. LEPIC, *soulagé* : Et tu es descendu ?

POIL DE CAROTTE : Oui.

M. LEPIC : Ta mère t'a encore sauvé la vie.

120   POIL DE CAROTTE : Si ma mère m'avait appelé, je serais loin. Je suis redescendu parce que c'est toi, papa, qui m'appelais.

M. LEPIC : C'est vrai ?

POIL DE CAROTTE, *regardant du côté du fenil* : Veux-tu que je remonte ? La corde y est toujours. *(M. Lepic se dirige vers la* 125 *grange et hésite.)* Va, va, je ne mens qu'avec ma mère.

M. LEPIC. *Il n'entre pas, il revient et saisit la main de Poil de Carotte* : Elle te maltraite à ce point !

POIL DE CAROTTE : Laisse-moi partir.

M. LEPIC : Pourquoi ne te plaignais-tu pas ?

130 POIL DE CAROTTE : Elle me défend surtout de me plaindre. Adieu, papa.

M. LEPIC : Mais tu ne partiras pas. Je t'empêcherai de faire un coup pareil. Je te garde près de moi et te jure que désormais on ne te tourmentera plus.

135 POIL DE CAROTTE : Qu'est-ce que tu veux que je fasse ici, puisque je n'aime pas ma mère ?

M. LEPIC, *la phrase lui échappe* : Et moi, crois-tu donc que je l'aime ?

Il marche avec agitation.

140 POIL DE CAROTTE *le suit* : Qu'est-ce que tu as dit, papa ?

M. LEPIC, *fortement* : J'ai dit : « Et moi, crois-tu donc que je l'aime ? »

POIL DE CAROTTE. *Il rayonne* : Oh ! papa, je craignais d'avoir mal entendu.

145 M. LEPIC : Ça te fait plaisir ?

POIL DE CAROTTE : Papa, nous sommes deux. – Chut ! Elle nous surveille par la fenêtre.

M. LEPIC : Va fermer les volets.

POIL DE CAROTTE : Oh ! non, par les carreaux, elle me foudroierait.

150   M. LEPIC : Tu as peur ?

POIL DE CAROTTE : Oh ! oui, fais ta commission toi-même. *(M. Lepic va fermer les volets. Il les ferme, le dos tourné à la fenêtre.)* Tu as du courage, lui fermer les volets au nez, en plein jour !… Qu'est-ce qui va se passer ?

155   M. LEPIC : Mais rien du tout, bêta.

POIL DE CAROTTE : Si elle les rouvre !

M. LEPIC : Je les refermerai. Elle te terrifie donc ?

POIL DE CAROTTE : Tu ne peux pas savoir, tu es un homme, toi. Elle me terrifie… au point que, si j'ai le hoquet, elle n'a
160 qu'à se montrer, c'est fini.

M. LEPIC : C'est nerveux.

POIL DE CAROTTE : J'en suis malade.

M. LEPIC : Ton frère Félix n'en a pas peur, lui ?

POIL DE CAROTTE : Mon frère Félix ! Il est admirable. Je
165 devrais le détester parce qu'elle le gâte, et je l'aime parce qu'il lui tient tête. Quand, par hasard, elle le menace, il attrape un manche à balai, et elle n'approche pas. Quel type ! Aussi elle préfère le prendre par les sentiments : elle dit qu'il est d'une nature trop susceptible[1], qu'elle n'en ferait rien avec des coups
170 et qu'ils s'appliquent mieux à la mienne.

M. LEPIC : Imite ton frère… défends-toi.

---

1. Sensible, prompt à se vexer.

BIEN LIRE

L. 159-160 : Comment expliquez-vous cette phrase : « … au point que, si j'ai le hoquet, elle n'a qu'à se montrer, c'est fini » ?

POIL DE CAROTTE : Ah! si j'osais! Je n'oserais pas, même si j'étais majeur, et pourtant je suis fort, sans en avoir l'air. Je me battrais avec un bœuf! Mais je me vois armé d'un manche à
175 balai contre ma mère. Elle croirait que je l'apporte, il tomberait de mes mains dans les siennes, et peut-être qu'elle me dirait merci, avant de taper.

M. LEPIC : Sauve-toi.

POIL DE CAROTTE : Je n'ai plus de jambes; elle me paralyse; et
180 puis il faudrait toujours revenir. C'est ridicule, hein! papa, d'avoir à ce point peur de sa mère! Ne te fait-elle pas un peu peur aussi?

M. LEPIC : À moi?

POIL DE CAROTTE : Tu ne la regardes jamais en face.

M. LEPIC : Pour d'autres raisons.

185 POIL DE CAROTTE : Quelles raisons, papa?... – Oh!...

M. LEPIC : Qu'est-ce qu'il y a encore?

POIL DE CAROTTE : Papa, elle écoute derrière la porte.

En effet, Mme Lepic avait entrouvert la porte. Surprise en faute, elle l'ouvre, descend l'escalier et vient peu à peu, avec des arrêts çà
190 *et là, ramasser des brindilles de fagot.*

SCÈNE VIII
LES MÊMES, Mme LEPIC, *puis* ANNETTE.

Mme LEPIC, *à Poil de Carotte* : Si tu te dérangeais, Poil de Carotte... Ôte ton pied, s'il te plaît!

M. Lepic observe le manège de Mme Lepic et soudain perd patience.

5   M. LEPIC, *sans regarder Mme Lepic* : Qu'est-ce que vous faites là ?

POIL DE CAROTTE : Oh !… oh !…

Il se réfugie dans la grange.

Mme LEPIC, *faussement soumise* : Je n'ai pas le droit de ramas-
10 ser quelques brindilles de fagot ?

M. LEPIC : Allez-vous-en !

Mme LEPIC. *Début de crise, mouchoir aux lèvres. Le bruit attire Annette sur l'escalier* : Voilà comme on me parle devant une étrangère et devant mes enfants qui me doivent le respect. Mon
15 Dieu, qu'est-ce que j'ai donc fait au Ciel pour être traitée comme la dernière des dernières ?

M. LEPIC, *calme, à Annette* : Je vous avertis, Annette, que Madame va avoir une crise ; mais ce n'est qu'un jeu ; elle se tord les bras, mais prenez garde, elle n'égratignerait que vous ; elle
20 mange son mouchoir, elle ne l'avale pas ; elle menace de se jeter dans le puits, il y a un grillage. Elle fait semblant de courir par-tout, affolée, et elle va droit chez le curé.

Mme LEPIC, *suffoquée* : Jamais, jamais, je ne remettrai les pieds dans cette maison.

25   M. LEPIC : À ce soir !

Mme LEPIC, *déjà dans la rue, d'une voix lointaine* : Seigneur, ne laisserez-Vous pas tomber enfin sur moi un regard de miséri-corde ?

ANNETTE : Je vais suivre Madame, elle est dans un état !

30   M. LEPIC : Comédie !

Annette sort.

SCÈNE IX

POIL DE CAROTTE, M. LEPIC.

M. LEPIC. *Il cherche des yeux Poil de Carotte* : Où es-tu ? *(Il l'aperçoit dans la grange.)* Poltron[1] !

POIL DE CAROTTE : Elle est partie ?

M. LEPIC : Tu peux sortir de ta niche.

5   POIL DE CAROTTE. *Il va voir au fond et revient* : Ce qu'elle file ! J'avais la colique. – « Allez-vous-en ! Allez-vous-en ! »

M. LEPIC : Je n'ai pas eu à le dire deux fois.

POIL DE CAROTTE : Non, mais tu es terrible.

M. LEPIC : Tu trouves ?

10   POIL DE CAROTTE : Tâte mes mains.

M. LEPIC : Tu trembles !

POIL DE CAROTTE : Je lui paierai ça.

M. LEPIC : Tu vois bien que je saurai te protéger.

POIL DE CAROTTE : Merci, papa.

15   M. LEPIC : À ton service.

POIL DE CAROTTE : Oui, quand tu seras là. – Mais qu'est-ce qu'elle a pu te faire pour que tu la rembarres[2] comme ça ? Car tu es juste, papa : si tu ne l'aimes plus, c'est qu'elle t'a fait quelque chose de grave ? Tu as des soucis, je le sens, confie-les-moi !

20   M. LEPIC : J'ai mon procès.

POIL DE CAROTTE : Oh ! j'avoue qu'il ne m'intéresse guère.

---

1. Peureux.
2. Rembarrer : repousser vivement une personne par une réponse brusque.

M. LEPIC : Ah ! Sais-tu qu'un jour tu seras peut-être ruiné ?

POIL DE CAROTTE : Ça m'est égal. Confie-moi plutôt tes ennuis… avec elle. – Je suis trop jeune ? – Pas si jeune que tu
25 crois. – J'ai déjà une dent de sagesse qui me pousse.

M. LEPIC : Et moi, je viens d'en perdre une des miennes, de sorte qu'il n'y a rien de changé, Poil de Carotte, et le nombre des dents de la famille reste le même.

POIL DE CAROTTE : Je t'assure, papa, que je réfléchis pour
30 mon âge. Je lis beaucoup, au collège, des livres défendus que les externes nous prêtent, des romans.

M. LEPIC : Des bêtises.

POIL DE CAROTTE : Hé ! hé ! c'est instructif. Veux-tu que je devine, veux-tu que je te pose une question ? Au hasard, natu-
35 rellement. Si tu me trouves trop curieux, tu ne me répondras pas. Je la pose ?

M. LEPIC : Pose.

POIL DE CAROTTE : Ma mère aurait-elle commis…

M. LEPIC, *assis sur un banc* : Un crime ?
40 POIL DE CAROTTE : Oh ! non.

M. LEPIC : Un péché ?

POIL DE CAROTTE : Ah ! c'en est un.

M. LEPIC : Alors, ça regarde M. le curé.

BIEN LIRE — **L. 26-28 : En quoi la réplique de M. Lepic est-elle humoristique ?**

POIL DE CAROTTE : Et toi aussi, car ce serait surtout une faute, tu
45 sais bien ? *(Il pousse.)* Aide-moi donc, papa : une faute… *(Il sue.)*

M. LEPIC : Je ne comprends pas.

POIL DE CAROTTE, *d'un coup* : Une grande faute contre la
morale, le devoir et l'honneur ?

M. LEPIC : Qu'est-ce que tu vas chercher là, Poil de Carotte ?

50 POIL DE CAROTTE : Je me trompe ?

M. LEPIC : Tu en as de bonnes.

POIL DE CAROTTE : Je n'attache aucune importance à mon idée.

M. LEPIC : Rassure-toi ; ta mère est une honnête femme[1].

POIL DE CAROTTE : Ah ! tant mieux pour la famille !

55 M. LEPIC : Et moi aussi, Poil de Carotte, je suis un honnête
homme.

POIL DE CAROTTE : Oh ! papa, en ce qui te concerne, je n'ai
jamais eu aucun doute.

M. LEPIC : Je te remercie…

60 POIL DE CAROTTE : Et ce ne serait pas la même chose.

M. LEPIC : Tu es plus avancé que je ne croyais…

POIL DE CAROTTE : Mes lectures !… D'après ce que j'ai lu,
c'est toujours ça qui trouble un ménage[2].

M. LEPIC : Nous n'avons pas ça chez nous.

65 POIL DE CAROTTE, *un doigt sur sa tempe* : Je cherche autre chose.

M. LEPIC : Cherche, car l'honnêteté dont tu parles ne suffit
pas pour faire bon ménage.

---

1. Femme fidèle.
2. Un couple marié.

POIL DE CAROTTE : Que faut-il de plus ? Ce qu'on nomme « l'amour » ?

70　　M. LEPIC : Permets-moi de te dire que tu te sers là d'un mot dont tu ignores le sens.

POIL DE CAROTTE : Évidemment, mais je cherche…

M. LEPIC : Rends-toi, va, tu t'égares. Ce qu'il faut dans un ménage, Poil de Carotte, ce qu'il faut surtout, c'est de l'accord, 75　de l'entente…

POIL DE CAROTTE : De la compatibilité d'humeurs[1] !

M. LEPIC : Si tu veux. Or, le caractère de Mme Lepic est l'opposé du mien.

POIL DE CAROTTE : Le fait est que vous ne vous ressemblez guère.

80　　M. LEPIC : Ah ! non ! Je déteste, moi, le bavardage, le désordre, le mensonge… et les curés.

POIL DE CAROTTE : Et ça va mal ? – Oh ! parbleu, je m'en doutais, je remarquais des choses… Et il y a longtemps que… vous ne sympathisez pas ?

85　　M. LEPIC : Quinze ou seize ans.

POIL DE CAROTTE : Mâtin ! Seize ans ! L'âge que j'ai.

M. LEPIC : En effet, quand tu es né, c'était déjà la fin entre ta mère et moi.

POIL DE CAROTTE : Ma naissance aurait pu vous rapprocher.

---

1. Se dit du fait que, d'après leurs caractères, deux personnes peuvent ou non s'entendre.

BIEN LIRE

L. 70-72 : En quoi la remarque de M. Lepic peut-elle avoir un double sens pour le spectateur ?

90   M. LEPIC : Non. Tu venais trop tard, au milieu de nos dernières querelles. – Nous ne te désirions pas. – Tu me demandes la vérité, je te l'avoue : elle peut servir à t'expliquer ta mère.

  POIL DE CAROTTE : Il ne s'agit pas de moi… Je voulais dire qu'à l'occasion, au moindre prétexte, des époux se raccommodent.

95   M. LEPIC : Une fois, deux fois, dix fois, pas toujours.

  POIL DE CAROTTE : Mais une dernière fois ?…

  M. LEPIC : Oh ! je ne bouge plus !

  POIL DE CAROTTE, *un pied sur le banc* : Comment, papa, toi, un observateur, t'es-tu marié avec maman ?

100   M. LEPIC : Est-ce que je savais ? Il faut des années, Poil de Carotte, pour connaître une femme, sa femme, et, quand on la connaît, il n'y a plus de remède.

  POIL DE CAROTTE : Et le divorce ? À quoi sert-il ?

  M. LEPIC : Impossible. Sans ça… ! Oui, écœuré par cette exis-
105 tence stupide, j'ai fait des propositions. Elle a refusé.

  POIL DE CAROTTE : Toujours la même !

  M. LEPIC : C'était son droit. Je n'ai à lui reprocher, comme toi d'ailleurs, que d'être insupportable. Cela suffit peut-être pour que tu la quittes. Cela ne suffit pas pour que je me délivre.

110   POIL DE CAROTTE. *Il s'assied près de M. Lepic* : En somme, papa, tu es malheureux ?

BIEN LIRE

L. 91 : « Nous ne te désirions pas » : quel mot donne à cette remarque une valeur particulièrement tragique pour Poil de Carotte ?

M. LEPIC : Dame !

POIL DE CAROTTE : Presque aussi malheureux que moi ?

M. LEPIC : Si ça peut te consoler.

115   POIL DE CAROTTE : Ça me console jusqu'à un certain point. Ça m'indigne surtout. Moi, passe ! je ne suis que son enfant, mais toi, le père, toi, le maître, c'est insensé, ça me révolte. *(Il se lève et montre le poing à la fenêtre.)* Ah ! mauvaise, mauvaise, tu mériterais…

120   M. LEPIC : Poil de Carotte !

POIL DE CAROTTE : Oh ! elle est sortie.

M. LEPIC : Ce geste !

POIL DE CAROTTE : Je suis exaspéré, à cause de toi… Quelle femme !

125   M. LEPIC : C'est ta mère.

POIL DE CAROTTE : Oh ! je ne dis pas ça parce que c'est ma mère. Oui, sans doute. Et après ? Ou elle m'aime ou elle ne m'aime pas. Et, puisqu'elle ne m'aime pas, qu'est-ce que ça me fait qu'elle soit ma mère ? Qu'importe qu'elle ait le titre, si elle n'a pas les sentiments ? Une mère, c'est une bonne maman, un père, c'est un bon papa. Sinon, ce n'est rien.

M. LEPIC, *piqué*[1], *se lève* : Tu as raison.

POIL DE CAROTTE : Ainsi, toi, par exemple, je ne t'aime pas parce que tu es mon père. Nous savons que ce n'est pas sorcier d'être le père de quelqu'un. Je t'aime parce que…

M. LEPIC : Pourquoi ? Tu ne trouves pas.

---

1. Vexé.

POIL DE CAROTTE :… parce que… nous causons là, ce soir, tous deux, intimement ; parce que tu m'écoutes et que tu veux bien me répondre au lieu de m'accabler de ta puissance paternelle.

140 M. LEPIC : Pour ce qu'elle me rapporte !

POIL DE CAROTTE : Et la famille, papa ? Quelle blague !… Quelle drôle d'invention !

M. LEPIC : Elle n'est pas de moi.

POIL DE CAROTTE : Sais-tu comment je la définis, la famille ? 145 Une réunion forcée… sous le même toit… de quelques personnes qui ne peuvent pas se sentir.

M. LEPIC : Ce n'est peut-être pas vrai dans toutes les familles, mais il y a, dans l'espèce humaine, plus de quatre familles comme la nôtre, sans compter celles qui ne s'en vantent pas.

150 POIL DE CAROTTE : Et tu es mal tombé.

M. LEPIC : Toi aussi.

POIL DE CAROTTE : Notre famille, ce devrait être, à notre choix, ceux que nous aimons et qui nous aiment.

M. LEPIC : Le difficile est de les trouver… Tâche d'avoir cette 155 chance plus tard. Sois l'ami de tes enfants. J'avoue que je n'ai pas su être le tien.

POIL DE CAROTTE : Je ne t'en veux pas.

M. LEPIC : Tu le pourrais.

BIEN LIRE

L. 135-137 : Que signifient les points de suspension ?
L. 139 : Expliquez l'expression « de m'accabler de ta puissance paternelle ».
L. 152-153 : Quelle est la définition de la famille selon Poil de Carotte ?

POIL DE CAROTTE : Nous nous connaissions si peu !

160 M. LEPIC, *comme s'il s'excusait* : C'est vrai que je t'ai à peine vu. D'abord, ta mère t'a mis tout de suite en nourrice.

POIL DE CAROTTE : Elle a dû m'y laisser un moment.

M. LEPIC : Quand tu es revenu, on t'a prêté quelques années à ton parrain qui n'avait pas d'enfant.

165 POIL DE CAROTTE : Je me rappelle qu'il m'embrassait trop et qu'il me piquait avec sa barbe.

M. LEPIC : Il raffolait[1] de toi.

POIL DE CAROTTE : Un parrain n'est pas un papa.

M. LEPIC : Ah ! tu vois bien… Puis tu es entré au collège où
170 tu passes ta vie, – comme tous les enfants, – excepté les deux mois de vacances que tu passes à la maison. Voilà.

POIL DE CAROTTE : Tu ne m'as jamais tant vu qu'aujourd'hui ?…

M. LEPIC : C'est ma faute, sans doute ; c'est celle des circonstances, c'est aussi un peu la tienne ; tu te tenais à l'écart, fermé,
175 sauvage. On s'explique.

POIL DE CAROTTE : Il faut pouvoir.

M. LEPIC : Même à la chasse, tu ne dis rien.

POIL DE CAROTTE : Toi non plus. Tu vas devant, je suis derrière, à distance, pour ne pas gêner ton tir, et tu marches, tu marches…

---

1. Raffoler : adorer quelque chose ou quelqu'un.

BIEN LIRE

L. 163 : En quoi l'utilisation du verbe *prêter* est-elle choquante ? Que révèle-t-elle des sentiments des parents Lepic à l'égard de leur fils ?

L. 165-166 : Poil de Carotte était-il heureux chez son parrain ? Pourquoi ?

L. 168 : Expliquez : « Un parrain n'est pas un papa. »

180   M. LEPIC : Oui, je n'ai de goût qu'à la chasse.

POIL DE CAROTTE : Et si tu te figures que c'est commode de s'épancher[1] avec toi ! Au premier mot, tu sourcilles. – Oh ! cet œil ! – et tu deviens sarcastique[2].

M. LEPIC : Que veux-tu ? Je ne devinais pas tes bons mouve-
185 ments. Absorbé par mon diable de procès, fuyant cet intérieur, je ne te voyais pas… Je te méconnaissais. Nous nous rattrape-rons. – Une cigarette ?

POIL DE CAROTTE : Non, merci. – Est-ce que je gagne à être connu, papa ?

190   M. LEPIC : Beaucoup. – Parbleu, je te savais intelligent… Fichtre, non, tu n'es pas bête.

POIL DE CAROTTE : Si ma mère m'avait aimé, j'aurais peut-être fait quelque chose.

M. LEPIC : Au contraire, Poil de Carotte. Les enfants gâtés ne
195 font rien.

POIL DE CAROTTE : Ah !… Et tu me croyais intelligent, mais égoïste, vilain au moral comme au physique.

M. LEPIC : D'abord tu n'es pas laid.

POIL DE CAROTTE : Elle ne cesse de répéter…

200   M. LEPIC : Elle exagère.

POIL DE CAROTTE : Mon professeur de dessin prétend que je suis beau.

---

1. Se confier.
2. Moqueur.

BIEN LIRE

L. 188-189 : Comparez le refus de Poil de Carotte à l'épisode raconté à Annette dans la scène 3. Que révèle-t-il de l'évolution des relations entre le père et son fils ?

M. LEPIC : Il exagère aussi.

POIL DE CAROTTE : Il se place au point de vue pittoresque. Ça
205 me fait plaisir que tu ne me trouves pas trop laid.

M. LEPIC : Et quand tu serais encore plus laid ? Pourvu qu'un
homme ait la santé !

POIL DE CAROTTE : Oh ! je me porte bien… Et, au moral,
papa, est-ce que tu me crois menteur, sans cœur, boudeur,
210 paresseux ?

M. LEPIC : Arrête, arrête… Je ne sache pas que tu mentes.

POIL DE CAROTTE : Si, quelquefois, pour lui obéir.

M. LEPIC : Alors, ça ne compte pas.

POIL DE CAROTTE : Et me crois-tu le cœur sec ?

215 M. LEPIC : Ça ne veut rien dire. Moi aussi, j'ai le cœur sec.
On nous accuse d'avoir le cœur sec parce que nous ne pleurons
pas… Tu serais tout au plus un petit peu boudeur.

POIL DE CAROTTE : Je te demande pardon, papa ; je ne boude
jamais.

220 M. LEPIC : Qu'est-ce que tu fais dans tes coins ?

POIL DE CAROTTE : Je rage, – et ça ne m'amuse pas, – contre
une mère injuste.

M. LEPIC : Et moi qui t'aurais cru plutôt de son côté !

POIL DE CAROTTE : C'est un comble !

BIEN LIRE

L. 198-207 : Pourquoi Mme Lepic répète-t-elle toujours que son fils est laid ? Que peut-on en déduire en ce qui concerne le professeur de dessin et M. Lepic ?

225 M. LEPIC : C'est naturel. La preuve, quand ta mère te demandait, car elle avait cet aplomb : « Lequel aimes-tu mieux, ton papa ou ta maman ? » tu répondais…

POIL DE CAROTTE : « Je vous aime autant l'un que l'autre. »

M. LEPIC : Ta mère insistait : « Poil de Carotte, tu as une
230 petite préférence pour l'un des deux. » Et tu finissais par répondre : « Oui. J'ai une petite préférence… »

POIL DE CAROTTE : « pour maman. »

M. LEPIC : Pour maman, jamais pour papa. Tu m'agaçais avec ta petite préférence. Tu avais beau ne pas savoir ce que tu disais…

235 POIL DE CAROTTE : Oh ! que si… Je disais ce qu'elle me faisait dire : entre elle et moi, c'était convenu d'avance.

M. LEPIC : C'est bien elle !

POIL DE CAROTTE : Et elle veut à présent que je dise « mon père », au lieu de « mon papa ». Mais sois tranquille !

240 M. LEPIC, *attendri* : Ah ! cher petit !… Comment aurais-je pu te savoir plein de qualités, raisonnable, affectueux, très gentil, tel que tu es, mon cher petit François !

POIL DE CAROTTE, *étonné, ravi* : François ! Tiens ! Tu m'appelles par mon vrai nom.

245 M. LEPIC : Je devais te froisser[1], en te donnant l'autre ?

POIL DE CAROTTE : Oh ! pas toi. C'est le ton qui fait tout. *(Avec pudeur[2].)* Tu m'aimes ?

M. LEPIC : Comme un enfant… retrouvé.

---

1. Blesser, attrister.
2. Avec réserve, respect, discrétion.

Il serre Poil de Carotte contre lui, légèrement, sans l'embrasser.

250   POIL DE CAROTTE. *Il se dégage un peu* : Si elle nous voyait !

M. LEPIC : Ah ! je n'ai pas eu de chance. Je me suis trompé sur ta nature, comme je m'étais trompé sur celle de ta mère.

POIL DE CAROTTE : Oui, mais à rebours[1].

M. LEPIC : Et ça compense.

255   POIL DE CAROTTE : Oh ! non, papa… Je te plains sincèrement. Moi, j'ai l'avenir pour me créer une autre famille, refaire mon existence, et, toi, tu achèveras la tienne, tu passeras toute ta vieillesse auprès d'une personne qui ne se plaît qu'à rendre les autres malheureux.

260   M. LEPIC, *sans regret* : Et elle n'est pas heureuse non plus.

POIL DE CAROTTE : Comment, elle n'est pas heureuse ?

M. LEPIC : Ce serait trop facile !

POIL DE CAROTTE, *badin*[2] : Elle n'est pas heureuse de me donner des gifles ?

265   M. LEPIC : Si, si. – Mais elle n'a guère, avec toi, que ce bonheur.

POIL DE CAROTTE : C'est tout ce que je peux lui offrir. Que voudrait-elle de plus ?

M. LEPIC, *grave* : Ton affection.

270   POIL DE CAROTTE : Mon affection !… La tienne, je ne dis pas.

---

1. À l'envers.
2. Espiègle, gai, amusé.

BIEN LIRE

L. 254 : Comment comprenez-vous ce constat ? L'expression vous paraît-elle adaptée à la circonstance ?

L. 255-259 : Quels traits de caractère apparaissent dans cette réplique ?

M. LEPIC : Oh! la mienne… Elle y a renoncé… La tienne seulement.

POIL DE CAROTTE : Mon affection manque à ma mère! Je ne comprends plus rien à la vie…

275 M. LEPIC : Ça t'étonne qu'on souffre de ne pas savoir se faire aimer?

POIL DE CAROTTE : Et tu crois qu'elle en souffre?

M. LEPIC : J'en suis sûr.

POIL DE CAROTTE : Qu'elle est malheureuse?

280 M. LEPIC : Elle l'est.

POIL DE CAROTTE : Malheureuse – comme toi?

M. LEPIC : Au fond, ça se vaut.

POIL DE CAROTTE : Comme moi?

M. LEPIC : Oh! personne n'a cette prétention.

285 POIL DE CAROTTE : Papa, tu me confonds[1]. Voilà une pensée qui ne m'était jamais venue à l'esprit.

Il s'assied et cache sa tête dans ses mains.

M. LEPIC, *avec effort* : Et nous sommes là à gémir. Il faudrait l'entendre. Peut-être qu'elle aussi trouve qu'elle est mal tombée.

290 Qui sait si avec un autre…? N'obtenant pas d'elle ce que je voulais, j'ai été rancunier, impitoyable[2], et, mes duretés pour elle, elle te les a rendues. Elle a tous les torts envers toi; mais,

---

1. « Tu me troubles. »
2. Qui n'a pas de pitié.

BIEN LIRE

L. 284 : Que veut dire M. Lepic quand il répond : « Oh ! personne n'a cette prétention » ?

envers moi, les a-t-elle tous ? Il y a des moments où je m'inter-
roge… – Et quand je m'interrogerais jusqu'à demain ? À quoi
295 bon ? C'est trop tard, c'est fini, et puis en voilà assez… Allons
à la chasse une heure ou deux, ça nous fera du bien. *(Il découvre
la tête de Poil de Carotte.)* Pourquoi pleures-tu ?

POIL DE CAROTTE, *la figure ruisselante* : C'est ton idée : ma
mère malheureuse, parce que je ne l'aime pas.

300 M. LEPIC, *amer* : Puisque ça te désole tant, tu n'as qu'à l'aimer.

POIL DE CAROTTE, *se redressant* : Moi !

SCÈNE X
LES MÊMES, ANNETTE.

ANNETTE, *accourant* : Monsieur, Madame peut-elle rentrer ?
Poil de Carotte s'essuie rapidement les yeux.

M. LEPIC, *redevenu M. Lepic* : Elle me demande la permission ?

ANNETTE : Non, Monsieur. C'est moi qui viens devant, pour
5 voir si vous êtes toujours fâché.

M. LEPIC : Je ne me fâche jamais. Qu'elle rentre si elle veut :
la maison lui appartient comme à moi.

ANNETTE : Elle était allée à l'église.

M. LEPIC : Chez le curé ?

BIEN LIRE

**L. 298-301 : Comment les trois dernières répliques montrent-elles
l'ambiguïté des personnages ?**

10   ANNETTE : Non, à l'église. Elle a versé un plein bénitier[1] de larmes, elle a bien du chagrin. – Oh ! si, Monsieur… La voilà !…

M. Lepic tourne le dos à la porte ; Mme Lepic paraît, les yeux baissés, l'air abattu.

POIL DE CAROTTE : Maman ! Maman !

15   *Mme Lepic s'arrête et regarde Poil de Carotte ; elle semble lui dire de parler.*

POIL DE CAROTTE, *son élan perdu* : Rien.

Mme Lepic passe et rentre à la maison. Annette sort par la porte de la cour.

SCÈNE XI
POIL DE CAROTTE, M. LEPIC.

M. LEPIC : Que lui voulais-tu ?

POIL DE CAROTTE : Oh ! ce n'est pas la peine.

M. LEPIC : Elle te fait toujours peur ?

POIL DE CAROTTE : Oui. – Moins ! – As-tu remarqué ses yeux ?

5   M. LEPIC : Qu'est-ce qu'ils avaient de neuf ?

POIL DE CAROTTE : Ils ne lançaient pas des éclairs comme d'habitude. Ils étaient tristes, tristes ! Tu ne t'y laisses plus prendre, toi ? *(Silence de M. Lepic.)* Pauvre papa !… Pauvre

---

1. Grande coque de pierre, souvent en forme de coquillage, qui contient l'eau bénite avec laquelle se signent les fidèles en entrant dans l'église.

BIEN LIRE

L. 10-11 : Que pensez-vous de l'expression « un plein bénitier de larmes ». Qu'a-t-elle de comique ?

maman ! – Il n'y a que Félix. Il pêche, lui, là-bas, au moulin…
10 Dire que c'est mon frère ! Qui sait s'il me regrettera ?

M. LEPIC : Tu veux toujours partir ?

POIL DE CAROTTE : Tu ne me le conseilles pas ?

M. LEPIC : Après ce que nous venons de dire ?

POIL DE CAROTTE : Oh ! papa, quelle bonne causerie[1] !

15 M. LEPIC : Il y a seize ans que je n'en avais tant dit, et je ne te
promets pas de recommencer tous les jours.

POIL DE CAROTTE : Je regrette. – Mais, si je reste, quelle attitude faudra-t-il que j'aie avec ma mère ?

M. LEPIC : La plus simple : la mienne.

20 POIL DE CAROTTE : Celle d'un homme.

M. LEPIC : Tu en es un.

POIL DE CAROTTE : Si elle me demande qui m'a donné l'ordre
d'avoir cette attitude, je dirai que c'est toi.

M. LEPIC : Dis.

25 POIL DE CAROTTE : Dans ces conditions, ça marcherait peut-être.

M. LEPIC : Tu hésites ?

POIL DE CAROTTE : Je réfléchis, ça en vaut la peine.

M. LEPIC : Tu es long. *(Par habitude.)* Poil de Carotte…
François.

30 POIL DE CAROTTE : Tu t'ennuierais, seul, hein ? Tu ne pourrais
plus vivre sans moi ? *(M. Lepic se garde de répondre.)* Eh bien, oui,
mon vieux papa, c'est décidé, je ne t'abandonne pas : je reste !

RIDEAU

1. Conversation, échange.

Jules Renard
La Bigote

Comédie en deux actes

AUX ARTISTES DE L'ODÉON,
MM. Bernard, Desfontaines, Bacqué,
Mmes Kerwich, Mellot, Barbieri,
Marley, Du Eyner, Barsange,
qui, dirigés par Antoine,
ont aimé et bien joué
LA BIGOTE
sans avoir le temps de se fatiguer,
souvenir de gratitude amicale.

J. R.

PERSONNAGES

M. LEPIC, *cinquante ans*	MM. Bernard
PAUL ROLAND, *gendre, trente ans*	Desfontaines
FÉLIX LEPIC, *dix-huit ans*	Denis d'Inès
M. LE CURÉ, *jeune*	Bacqué
JACQUES, *vingt-cinq ans,*	
petit-fils d'Honorine	Stephen
Mme LEPIC, *quarante-deux ans*	Mmes Kerwich
HENRIETTE, *sa fille, vingt ans*	Mellot
MADELEINE, *amie d'Henriette, seize ans*	Du Eyner
Mme BACHE, *tante de Paul Roland*	Marley
LA VIEILLE HONORINE	Barbieri
UNE PETITE BONNE	Barsange
LE CHIEN	Minos

Les deux actes se passent dans un village du Morvan,
dont M. Lepic est le maire.

DÉCOR DES DEUX ACTES

Grande salle. – Fenêtres à petits carreaux. – Vaste cheminée. –
Poutres au plafond. – De tous les meubles, sauf des lits : arche,
armoire, horloge, porte-fusils. – Par les fenêtres, un paysage de sep-
tembre.

ACTE PREMIER

SCÈNE PREMIÈRE

M. LEPIC, Mme LEPIC, HENRIETTE, FÉLIX.

À table, fin de déjeuner. – Table oblongue¹, nappe de couleur en toile des Vosges. – M. Lepic à un bout, Mme Lepic à l'autre, le plus loin possible. – Le frère et la sœur, au milieu, Félix plus près de son père, Henriette plus près de sa mère. – Ces dames sont en toilette de
5 *dimanche. – Silence qui montre combien tous les membres de cette famille, qui a l'air d'abord d'une famille de muets, s'ennuient quand ils sont tous là. – C'est la fin du repas. – On ne passe rien. – M. Lepic tire à lui une corbeille de fruits, se sert, et repousse la corbeille. – Les autres font de même, par rang d'âge. – Henriette*
10 *essaie, à propos d'une pomme qu'elle coupe, de céder son droit d'aînesse à Félix, mais Félix préfère une pomme tout entière. – La bonne, habituée, surveille son monde. – On lui réclame une assiette, du pain, par signes. – La distraction générale est de jeter des choses au chien, qui se bourre. – Mme Lepic ne peut pas « tenir »*
15 *jusqu'à la fin du repas, et elle dit à Félix, dont les yeux s'attachent au plafond :*

---

1. De forme plus longue que large.

L. 11-12 : Que signifie « *céder son droit d'aînesse* » ? Pourquoi Félix refuse-t-il ?

Mme LEPIC : Tu as bien déjeuné, mon grand ?

FÉLIX : Oui, maman, mais je croyais le lièvre de papa plus gros. Hein, papa ?

20 M. LEPIC : Je n'en ai peut-être tué que la moitié.

Mme LEPIC : Il a beaucoup réduit[1] en cuisant.

FÉLIX : Hum !

Mme LEPIC : Pourquoi tousses-tu ?

FÉLIX : Parce que je ne suis pas enrhumé.

25 Mme LEPIC : Comprends pas... Qu'est-ce que tu regardes ? Les poutres. Il y en a vingt et une.

FÉLIX : Vingt-deux, maman, avec la grosse : pourquoi l'oublier ?

Mme LEPIC : Ce serait dommage.

30 FÉLIX : Ça ne ferait plus le compte !

Mme LEPIC, *enhardie* : Tu ne viendras pas avec nous ?

FÉLIX : Où ça, maman ?

Mme LEPIC : Aux vêpres[2].

FÉLIX : Aux vêpres ! À l'église ?

35 Mme LEPIC : Ça ne te ferait pas de mal. Une fois n'est pas coutume ; moi-même, j'y vais quand j'ai le temps.

FÉLIX : Tu le trouves toujours !

Mme LEPIC : Pardon ! mon ménage avant tout ! l'église après !

---

1. Se dit en cuisine pour une sauce ou un plat qui, perdant beaucoup d'eau, deviennent beaucoup moins copieux.
2. Service religieux qui avait lieu le dimanche après-midi.

BIEN LIRE

L. 20 : D'après cette réplique, que peut-on déduire de la quantité de lièvre disparue ? Est-ce purement la cuisson qui l'aurait ainsi « réduit » ?

FÉLIX : Oh !

40 Mme LEPIC : N'est-ce pas, Henriette ? Mieux vaut maison bien tenue qu'église bien remplie.

FÉLIX : Ne fais pas dire de blagues à ma sœur ! Ça te regarde, maman ! En ce qui me regarde, moi, tu sais bien que je ne vais plus à la messe depuis l'âge de raison, ce n'est pas pour aller aux
45 vêpres.

Mme LEPIC : On le regrette. Tout le monde, ce matin, me demandait de tes nouvelles, et il y avait beaucoup de monde. L'église était pleine. J'ai même cru que notre pain bénit ne suffirait pas.

50 FÉLIX : Ils n'avaient donc pas mangé depuis huit jours ? Ah ! ils le dévorent, notre pain ! Prends garde !

Mme LEPIC : J'offre quand c'est mon tour, par politesse ! Je ne veux pas qu'on me montre au doigt ! Oh ! sois tranquille, je connais les soucis de M. Lepic, je sais quel mal il a à gagner
55 notre argent. Je n'offre pas de la brioche, comme le château. Ah ! si nous étions millionnaires ! C'est si bon de donner !

FÉLIX : Au curé… Tu ferais de son église un restaurant. Il y a déjà une petite buvette !

Mme LEPIC : Félix !

60 FÉLIX : J'irais alors, à ton église, par gourmandise.

BIEN LIRE

L. 57-58 : À quoi la « petite buvette » fait-elle allusion ?

Mᵐᵉ LEPIC : Tu n'es pas obligé d'entrer. Conduis-nous jusqu'à la porte.

FÉLIX : Vous avez peur, en plein jour ?

Mᵐᵉ LEPIC : C'est si gentil, un fils bachelier qui accompagne 65 sa mère et sa sœur !

FÉLIX : C'est pour lui la récompense de dix années de travail acharné ! C'est godiche[1] !

Mᵐᵉ LEPIC : Tu offrirais galamment ton bras.

FÉLIX : À toi ?

70 Mᵐᵉ LEPIC : À moi ou à ta sœur !

FÉLIX, *à Henriette* : C'est vrai, cheurotte[2], que tu as besoin de mon bras pour aller chez le curé ?

HENRIETTE, *fraternelle* : À l'église !... Je ne te le demande pas.

75 FÉLIX : Ça te ferait plaisir ?

HENRIETTE : Oui, mais à toi ?...

FÉLIX : Oh ! moi ! ça m'embêterait.

HENRIETTE : Justement.

Mᵐᵉ LEPIC : Il fait si beau.

80 FÉLIX : Il fera encore plus beau à la pêche.

Mᵐᵉ LEPIC : Une seule fois, par hasard, pendant tes vacances.

HENRIETTE, *à Mᵐᵉ Lepic* : Puisque c'est une corvée !

Mᵐᵉ LEPIC : De plus huppés[3] que lui se sacrifient.

FÉLIX : Oh ! ça, je m'en...

---

1. Idiot.
2. Surnom affectueux donné par Félix à sa sœur.
3. Distingués.

85 Mᵐᵉ LEPIC : J'ai vu souvent M. le conseiller général Perrault, qui est républicain, aussi républicain que M. le maire, attendre sa famille à la sortie de l'église.

FÉLIX : C'est pour donner, sur la place, des poignées de main aux amis de sa femme qui sont réactionnaires. N'est-ce pas,
90 monsieur le maire ? *(M. Lepic approuve de la tête.)* Quand il reçoit chez lui la visite d'un curé, il accroche une petite croix d'or à sa chaîne de montre, n'est-ce pas, papa ?

                    M. Lepic approuve et rit dans sa barbe.

Mᵐᵉ LEPIC : Où est le mal ?

95 FÉLIX : Il n'y a aucun mal, si M. Perrault n'oublie pas d'ôter la petite croix quand on lui annonce papa. *(À M. Lepic :)* Il n'oublie pas, hein ?

                    M. Lepic fait signe que non.

Mᵐᵉ LEPIC : C'est spirituel !

100 FÉLIX : Ça fait rire papa ! C'est l'essentiel ! Écoute, maman, je t'aime bien, j'aime bien cheurotte, mais vous connaissez ma règle de conduite : tout comme papa ! Je ne m'occupe pas du conseiller général, ni des autres, je m'occupe de papa. Quand papa ira aux vêpres, j'irai. Demande à papa s'il veut aller ce soir
105 aux vêpres.

HENRIETTE : Félix !

Mᵐᵉ LEPIC : C'est malin.

FÉLIX : Demande !… Papa, accompagnons-nous ces dames ? *(M. Lepic fripe sa serviette en tapon – Henriette la pliera –, la met
110 sur la table et se lève.)* Voilà l'effet produit : il se sauve avant le café ! Et ton café, papa ?

M. LEPIC : Tu me l'apporteras au jardin.

Mme LEPIC, *amère* : Il ne s'est pas toujours sauvé.

HENRIETTE, *sans que M. Lepic la voie* : Maman !

115 FÉLIX, *à Mme Lepic* : Papa t'a accompagnée à l'église ? Quand ?

Mme LEPIC : Le jour de notre mariage.

FÉLIX : Ah ! c'est vrai !

Mme LEPIC : Il était assez fier et il se tenait droit comme dans un corset !

120 FÉLIX : J'aurais voulu être là.

M. LEPIC : Il fallait venir !

FÉLIX : Et il a fait comme les autres ?

Mme LEPIC : Oui.

FÉLIX : Ce qu'ils font ?

125 Mme LEPIC, *accablante* : Tout.

FÉLIX : Il s'est agenouillé ?

Mme LEPIC, *implacable* : Tout, tout.

FÉLIX : Mon pauvre vieux papa ! Quand je pense que, toi aussi, un jour dans ta vie… Tu ne nous disais pas ça !

130 M. LEPIC : Je ne m'en vante jamais !

Mme LEPIC *porte son mouchoir à ses yeux ; mais on frappe et elle dit, les yeux secs* : Entrez !

BIEN LIRE

L. 95-96 : Comment expliquez-vous la remarque de Félix ?
L. 108-111 : Pourquoi M. Lepic s'en va-t-il ?

SCÈNE II
LES MÊMES, *la vieille* HONORINE,
son petit-fils JACQUES, *avec une pioche sur l'épaule ;*
tous deux en dimanche.

HONORINE : Salut, messieurs, dames !

TOUS : Bonjour, vieille Honorine.

HONORINE : Je vous apporte un mot d'écrit qu'on a remis à Germenay *(Mme Lepic s'avance)* pour M. le maire.

5   *M. Lepic prend la lettre et l'ouvre.*

Mme LEPIC, *intriguée* : Qui donc vous a remis cette lettre, Honorine ?

HONORINE : Mme Bache. Elle savait que j'étais, ce matin, de vaisselle chez les Bouvard qui régalaient hier soir. Elle est venue

10 me trouver à la cuisine et elle m'a dit : « Tu remettras ça sans faute à M. Lepic, de la part de M. Paul. »

Mme LEPIC : De M. Paul Roland ?

HONORINE : Oui.

Mme LEPIC, *à Henriette* : Henriette, une lettre de M. Paul ! –

15 Il y a une réponse, Honorine ?

HONORINE : Mme Bache ne m'en a pas parlé ! Elle m'a seulement donné dix sous pour la commission !

Mme LEPIC : Moi, je vous en donnerai dix avec.

HONORINE : Merci, Madame, je suis déjà payée. Une fois

20 suffisait…

                                Elle accepterait tout de même.

Mme LEPIC : C'était de bon cœur, ma vieille.

M. Lepic, après avoir lu la lettre, la pose près de lui, sur la table,
où il est appuyé. La curiosité agite Mme Lepic.

25 HONORINE : Elle était fameuse votre brioche, ce matin, à
l'église, madame Lepic !

JACQUES : Oh ! oui, je me suis régalé. Je ne vais à la messe que
quand c'est votre jour de brioche, madame Lepic. J'en ai
d'abord pris un morceau que j'ai mangé tout de suite, et puis
30 j'en ai volé un autre pour le mettre dans ma poche, que je mangerai ce soir à mon goûter de quatre heures.

Mme LEPIC : Quelle brioche ? Ils appellent du pain de la
« brioche », parce qu'il a le goût de pain bénit. On voit bien que
vous ne savez pas ce que c'est que de la brioche, mes pauvres
35 gens !

HONORINE : Oh ! c'était bien de la brioche fine, et pas de la
brioche de campagne. Le château, lui qui est millionnaire, ne
donne que du pain, mais vous…

Mme LEPIC : Taisez-vous donc, Honorine, vous ne savez pas ce
40 que vous dites.

HONORINE : Le château a une baronne, mais vous, vous êtes
la dame du village !

Mme LEPIC : Ma mère m'a bien élevée, voilà tout ! Mais vous
empêchez M. Lepic de lire sa lettre.

BIEN LIRE

**L. 16-22 : Comment expliquez-vous le rôle des temps : futur, passé
composé, imparfait, dans ces répliques ?**
L. 41-42 : Expliquez cette réplique d'Honorine.

45 HONORINE : Il a fini !… Ce n'était pas une mauvaise nouvelle, monsieur le maire… Non ?

M. LEPIC, *à Honorine* : Tu veux lire ?

HONORINE : Oh ! non… Je suis de la vieille école, moi, de l'école qui ne sait pas lire ; mais, comme ils ont l'air d'attendre
50 et que vous ne dites rien… Enfin !… ce n'est pas mon affaire ! Mais, à propos de lettre, avez-vous tenu votre promesse d'écrire au préfet ?

M. LEPIC : Au préfet ?

HONORINE : Oui, à M. le préfet.

55 *M. Lepic ouvre la bouche, mais Mme Lepic le devance.*

Mme LEPIC, *tous ses regards vers la lettre* : Quand M. Lepic fait une promesse, c'est pour la tenir, Honorine.

HONORINE : Le préfet a-t-il répondu ?

Mme LEPIC : Il ne manquerait plus que ça !

60 HONORINE : Mon Jacquelou aura-t-il sa place de cantonnier ?

Mme LEPIC : Quand M. Lepic se mêle d'obtenir quelque chose…

HONORINE : Alors Jacquelou est nommé ?

65 Mme LEPIC : Vous voyez bien que M. Lepic ne dit pas non.

HONORINE : Vous n'allez pas vous taire !

Mme LEPIC : Ne vous gênez pas, Honorine.

HONORINE, *penaude* : Excusez-moi, Madame. Mais laissez-le donc répondre, pour voir ce qu'il va dire. Il est en âge de parler
70 seul. Je vois bien qu'il ne dit pas non ; mais je vois bien qu'il ne dit pas oui. Dis-tu oui ?

Mme LEPIC : Quelle manie vous avez de tutoyer M. Lepic !

HONORINE : Des fois ! Ça dépend des jours, et ça ne le contrarie pas. *(À M. Lepic :)* Oui ou non ?

Mme LEPIC : Mais oui, mais oui, Honorine !

HONORINE : C'est qu'il ne le dirait pas, si on ne le poussait pas. *(À Mme Lepic :)* Heureusement que vous êtes là, et que vous répondez pour lui. *(À M. Lepic :)* Ah ! que tu es taquin ! Je te remercie quand même, va, de tout mon cœur. Je te dois déjà le pain que me donne la commune. Tu as beau avoir l'air méchant, tu es bon pour les pauvres gens comme nous.

Mme LEPIC : Il ne suffit pas d'être bon pour les pauvres, Honorine, il faut encore l'être pour les siens, pour sa famille.

HONORINE : Oui, Madame. *(À M. Lepic :)* Mais tu as supprimé la subvention de M. le curé : ça c'est mal.

FÉLIX : C'est avec cet argent que la commune peut vous donner du pain, ma vieille Honorine.

HONORINE, *à M. Lepic* : Alors, tu as bien fait ; j'ai plus besoin que lui.

JACQUES : Merci pour la place, monsieur le maire !

HONORINE : Jacquelou avait peur, parce que de mauvaises langues rapportent qu'il a eu le bras cassé en nourrice et qu'il ne peut pas manier une pioche. C'est de la méchanceté.

JACQUES, *stupide* : C'est de la bêtise !

HONORINE : Je lui ai dit : « Prends ta pioche et tu montreras à M. le maire que tu sais t'en servir. »

JACQUES : Venez dans votre jardin, monsieur le maire, et je vous ferai voir.

M. LEPIC : Pourquoi au jardin ? Nous sommes bien ici. Pioche
100 donc !

Jacques lève sa pioche.

Mᵐᵉ LEPIC *se précipite* : Sur mon parquet ciré !

JACQUES : Je ne l'aurais pas abîmé ! Je ne suis pas si bête ! Je
ne ferais que semblant pour que vous voyiez que je n'ai point
105 de mal au bras.

HONORINE, *à M. Lepic* : Et tu ris, toi ! Il rit de sa farce…
(M. Lepic pique une prune dans une assiette.) Tu es toujours
friand[1] de prunes ?

Mᵐᵉ LEPIC : Il en raffole.

110   *M. Lepic laisse retomber sa prune.*

HONORINE : J'ai des reines-claudes dans mon jardin ; faut-il
que Jacquelou t'en apporte un panier ?

Mᵐᵉ LEPIC : Il lui doit bien ça !

JACQUES : Vous l'aurez demain matin, monsieur le maire.

115 Mᵐᵉ LEPIC : Et moi, je demanderai à Mᵐᵉ Narteau une corbeille des siennes.

HENRIETTE : Je crois, maman, que les prunes de Mᵐᵉ Mobin
sont encore plus belles ; nous pourrions y passer après vêpres ?

Mᵐᵉ LEPIC : Oui, mais l'une n'empêche pas l'autre ; personne
120 n'a rien à refuser à M. le maire.

HONORINE : Tu vas te bourrer !

M. LEPIC : Et toi, Félix ?

FÉLIX : Papa ?

---

1. Gourmand de quelque chose.

M. LEPIC : Tu ne m'en offriras pas… des prunes ?

125 FÉLIX, *riant* : Si, si… je chercherai, et je te promets que, s'il en reste dans le pays… !

HONORINE : Il se moque de nous. Oh ! qu'il est mauvais !

Mᵐᵉ LEPIC, *aigre* : Des façons, Honorine ! Il ne les laissera pas pourrir dans son assiette !

130 JACQUES : À présent, je vais me marier !

FÉLIX : Tout de suite ?

HONORINE : Il n'attendait que d'avoir une position[1].

FÉLIX : Qu'est-ce qu'il gagnera comme cantonnier ?

JACQUES : Cinquante francs par mois. En comptant la rete-
135 nue, pour la retraite, il reste quarante-sept francs.

FÉLIX : Mâtin !

JACQUES : Et on a deux mois de vacances par an, pour travailler chez les autres !

Mᵐᵉ LEPIC : Avec ça, tu peux t'offrir une femme ! et un
140 enfant !

HONORINE : Quand sa femme aura un enfant, elle prendra un nourrisson.

HENRIETTE : Ça lui fera deux enfants.

HONORINE : Oui, Mademoiselle, mais le nourrisson gagne,
145 lui, et il paie la vie de l'autre.

---

1. Une situation.

BIEN LIRE

L. 111-126 : À quelle expression populaire fait référence cet épisode sur les prunes que chacun veut offrir à M. Lepic ?

FÉLIX : Et il n'y a plus de raison pour s'arrêter !

JACQUES : Et soyez tranquille, monsieur Lepic, si mon petit meurt, il aura beau être petit, je le ferai enterrer civilement[1].

Mme LEPIC : Il est capable de le tuer exprès pour ça.

150   HENRIETTE : Avec qui vous mariez-vous ?

HONORINE : Avec la petite Louise Colin, servante à Prémery.

FÉLIX : Elle a une dot[2] ?

HONORINE : Et une belle ! Un cent d'aiguilles et un sac de noix ! Mais ils sont jeunes ; ils feront comme moi et défunt

155   mon vieux : ils travailleront ; s'il fallait attendre des économies pour se marier !

FÉLIX : À quand la noce ?

JACQUES : Le plus tôt possible. Menez-nous ça rondement, monsieur le maire.

160   HONORINE : Je vous invite tous. Je vous chanterai une chanson et je vous ferai rire, marchez !

JACQUES : On dépensera ce qu'il faut.

M. LEPIC : Tu ne pourrais pas garder ton argent pour vivre ?

HONORINE : On n'a que ce jour-là pour s'amuser !

165   JACQUES : C'est la vieille qui paie.

FÉLIX : Avec quoi ?

Mme LEPIC : Elle n'a pas le sou.

HONORINE : J'emprunterai ! Je ferai des dettes partout ; ne vous inquiétez pas ! Mais c'est vous qui les marierez, monsieur

---

1. Enterrer sans cérémonie religieuse.
2. Bien ou argent qu'apporte une femme en mariage.

170 le maire. Ne vous faites pas remplacer par l'adjoint. Il ne sait pas marier, lui !

JACQUES : Il est trop bête. Il est encore plus bête que l'année dernière.

HONORINE : Et puis, tu embrasseras la mariée !

175 JACQUES : Ah ! ça oui, par exemple !

HONORINE : Tu n'as pas embrassé Julie Bernot. Elle est sortie de la mairie toute rouge. Son homme lui a dit que c'était un affront[1] et qu'elle devait avoir une tache[2].

JACQUES : On dirait que ma Louise en a une. On le dirait !
180 Le monde est encore plus bête qu'on ne croit. Si vous n'embrassez pas ma Louise, je vous préviens, monsieur le maire, que je la lâche dans la rue, entre la mairie et l'église ; elle ira où elle voudra. Vous l'embrasserez, hein ?

M. LEPIC : Tu ne peux pas faire ça tout seul ?

185 JACQUES : Après vous. Ne craignez rien. Commencez ; moi, je me charge de continuer.

M. LEPIC : Tu n'es pas jaloux ?

JACQUES : Je serai fier que M. le maire embrasse ma femme.

M. LEPIC : Elle ne doit pas être jolie !

190 JACQUES : Moi, je la trouve jolie ; sans ça… ! Elle a déjà trois dents d'arrachées ; mais ça ne se voit pas, c'est dans la bouche !

FÉLIX : Si tu veux que je te remplace, papa ?

M. LEPIC, *à Félix* : À ton aise, mon garçon !

---

1. Outrage.
2. Une faute.

JACQUES : Lui d'abord, monsieur Félix! L'un ne gênera pas
195 l'autre, mais d'abord lui. *(À M. Lepic :)* Elle retroussera son
voile, et elle vous tendra le bec, vous ne pourrez pas refuser.

M. LEPIC, *à Jacques* : Enfin, parce que c'est toi!

JACQUES : Merci de l'honneur, monsieur le maire; je peux
dormir tranquille pour la place?

200   M. LEPIC : Dors!… Tu ne sais ni lire ni écrire au moins?

JACQUES : Ah, non!

M. LEPIC : Tant mieux, ça va bien!

JACQUES : Ah! vous ne savez pas comme tout le monde est
envieux de moi! Ils vont tous fumer, quand j'aurai ma plaque
205 de fonctionnaire[1] sur mon chapeau!

HONORINE : Tous des jaloux! Mais on laisse dire!

FÉLIX : Puisque vous avez votre pioche, Jacques, venez donc
me chercher des amorces[2], que j'aille à la pêche.

JACQUES : Oui, monsieur Félix. *(Il brandit sa pioche.)* Hé!
210 bon Dieu!

Mme LEPIC *se signe* : Il va arracher tout notre jardin.

HONORINE : Oh! non, il est raisonnable. *(Jacques et Félix sortent.)* Je t'attends là, Jacquelou!… Ce n'est pas parce que je suis
sa grand-mère, mais je le trouve gentil, moi, mon Jacquelou!

215   Mme LEPIC : Comme un petit loup de sept ans.

HENRIETTE : Pourquoi l'appelez-vous Jacquelou au lieu de
Jacques, Honorine?

---

1. Plaque fixée sur la casquette indiquant le matricule du fonctionnaire.
2. Appâts.

HONORINE : Parce que c'est plus court. (À M. Lepic :) Il aurait fait un scandale dans ta mairie, si tu n'avais pas cédé.

220 Mᵐᵉ LEPIC : Ma pauvre Honorine, M. Lepic n'aime plus embrasser les dames.

HONORINE : Ça dépend lesquelles !

Mᵐᵉ LEPIC : Ah !

HONORINE : Je le connais mieux que vous, votre monsieur : 225 quand il est venu au monde, je l'ai reçu dans mon tablier. Oh ! qu'il était beau ! Il avait l'air d'un petit ange !

Mᵐᵉ LEPIC : Pas si vite ! Vous oubliez le péché originel, Honorine. On ne peut pas être un petit ange avant d'avoir été baptisé.

HONORINE : Oh ! il l'a été ; mais il n'y pense plus, aujourd'hui… 230 c'est un mécréant[1] ! Il ne croit à rien. Un homme si capable, le maire de notre commune ! Il ne croit même pas à l'autre monde !

M. LEPIC : Tu y crois donc toujours, toi ?

HONORINE : Oui. Pourquoi pas ?

Mᵐᵉ LEPIC : Vous savez, Honorine, que M. Lepic n'aime pas 235 ce sujet de conversation. Il ne vous répondra pas.

M. LEPIC, légèrement : Un autre monde ! Tu as plus de soixante-dix ans et tu vivras cent ans, peut être ! Tu auras passé ta vie à laver la vaisselle des riches, y compris la nôtre ; on te voit toujours ta hotte[2] derrière le dos.

---

1. Qui ne croit pas en Dieu.
2. Grand panier que l'on portait sur le dos.

BIEN LIRE

L. 218 : Comment peut-on qualifier la remarque d'Honorine : « parce que c'est plus court » ?

240   HONORINE : Je ne l'ai pas aujourd'hui.

M. LEPIC : On la voit tout de même. C'est comme une vilaine bosse, ça ne s'enlève pas le dimanche ! Tu n'as connu que la misère et tu crèveras dans la misère. Si la commune ne t'aidait pas un peu, tu te nourrirais d'ordures ! Sauf ton Jacquelou qui
245   est estropié[1], tous tes enfants sont morts ! Tu ne sais même plus combien ! Jamais un jour de joie, de plaisir, sans un lendemain de malheur. Et il te faudrait encore un autre monde ! Tu n'as pas assez de celui-là ?

HONORINE : Qu'est-ce qu'il dit ?

250   Mme LEPIC : Rien, ma vieille.

HONORINE : Il me taquine. Il blague toujours. Ah ! si je voulais lui répondre, je l'écraserais ! Mais je l'aime trop ! Il était si mignon à sa naissance, quand je l'ai eu baigné, lavé, dans sa terrine[2], torché[3], langé, enfariné. Je n'ai pas mieux tapiné[4] les
255   miens. Je le connais comme si je l'avais fait… Il lève les épaules, mais il sait bien que j'ai raison ! Malgré qu'il soit malin, je devine ses goûts et je peux vous dire, moi, les dames qu'il aime et les dames qu'il n'aime pas.

Mme LEPIC : Vraiment !

260   HONORINE : Oui, Madame. Il n'aime pas les bavardes.

M. Lepic, agacé, s'en va vers le jardin et laisse la lettre sur la table.

---

1. Mutilé.
2. Grand plat de terre de forme évasée.
3. Nettoyé.
4. Caressé.

M. LEPIC : Non !

Mme LEPIC : Vous entendez, Honorine ?

265   HONORINE : J'entends comme vous. Il n'aime pas les curieuses.

M. LEPIC : Non.

HONORINE : Ni les menteuses.

M. LEPIC, *toujours en s'éloignant* : Non.

270   HONORINE : Ni surtout les bigotes[1].

M. LEPIC, *presque dans le jardin* : Ah ! non !

HENRIETTE, *à Honorine* : Voulez-vous boire quelque chose, ma vieille ?

HONORINE : Ma foi, Mademoiselle !…

275   Mme LEPIC, *vexée et attirée par la lettre qui est sur la table… Sonnerie de cloche lointaine* : Le premier coup de vêpres, Honorine !

HONORINE. *Elle écoute par la cheminée* : C'est vrai ! Oh ! j'ai le temps ! le second coup ne sonne qu'à deux heures.

280   Mme LEPIC : C'est égal, ma vieille toquée ! Je ne vous conseille pas de vous mettre en retard.

HONORINE, *que le son de voix de Mme Lepic inquiète, à Henriette* : Merci, ma bonne demoiselle !… Portez-vous bien, Mesdames !

285   *Elle sort plus vite qu'elle ne voudrait, poussée dehors par Mme Lepic.*

---

1. D'une dévotion exagérée et étroite.

SCÈNE III

Mme LEPIC, HENRIETTE.

Mme Lepic saisit la lettre.

HENRIETTE, *pour l'empêcher de lire* : Papa l'a oubliée !

Mme LEPIC : Il l'a oubliée exprès. Depuis le temps que tu vis avec nous, tu devrais connaître toutes ses manies : quand il ne
5 veut pas qu'on lise ses lettres, il les met dans sa poche ; quand il veut qu'on les lise, il les laisse traîner sur une table. Elle traîne, j'ai le droit de la lire. *(Elle lit.)* Henriette, mon Henriette ! Écoute.

Elle lit tout haut.

« Cher monsieur,

10 « Voulez-vous me permettre d'avancer la visite que je devais vous faire jeudi ? Un télégramme me rappelle à Nevers demain. Nous viendrons aujourd'hui, ma tante et moi, vers quatre heures, après les vêpres de ces dames.

« Ma tante est heureuse de vous demander, plus tôt qu'il
15 n'était convenu, la faveur d'un entretien[1], et je vous prie de croire, cher monsieur, à mes respectueuses sympathies.

Signé : PAUL ROLAND. »

M. Paul et sa tante seront ici à quatre heures. Ils parleront à ton père et nous serons fixés ce soir. Oh ! ma fille, que je suis

---

1. Le privilège d'une conversation.

BIEN LIRE

L. 10-16 : Quel détail indique que cette conversation était prévue à un autre moment ?
Pour quand était-elle d'abord prévue ?

20 contente ! D'abord, je n'aurais pas pu attendre jusqu'à jeudi. Je
me minais. C'était mortel ! Oh ! ma chérie ! Dans trois heures,
M. Paul aura fait officiellement demander ta main à ton père,
et ton père aura dit oui.

HENRIETTE : Ou non.

25 Mme LEPIC : Oui. Cette fois, ça y est, je le sens !

HENRIETTE : Comme l'autre fois.

Mme LEPIC : Si, si. Ton père a beau être un ours…

HENRIETTE : Je t'en prie…

Mme LEPIC : Moi, je dis que c'est un ours ; toi, avec ton ins-
30 truction, tu dis que c'est un misanthrope[1] ; ça revient au même.
Il a beau être ce qu'il est, il recevra la tante Bache et M. Paul,
j'imagine !

HENRIETTE : Il les recevra comment ?

Mme LEPIC : Le plus mal possible, d'accord ; mais j'ai prévenu
35 M. Paul ; il ne se laissera pas intimider, lui, par l'attitude, les airs
dédaigneux[2] ou les calembours[3] de ton père. M. Paul saura s'ex-
primer. C'est un homme, et tu seras Mme Paul Roland.

HENRIETTE : Espérons-le.

Mme LEPIC : Tu y tiens ?

40 HENRIETTE : Je suis prête.

Mme LEPIC : Tu es sûre que M. Paul t'aime ?

HENRIETTE : Il me l'a dit.

---

1. Qui n'aime pas la société des hommes.
2. Méprisants.
3. Jeux de mots fondés surtout sur des similitudes de sons.

Mme LEPIC : À moi aussi. Et quoi de plus naturel ! Tu as une jolie dot.

45   HENRIETTE : Combien, maman ?

Mme LEPIC : Est-ce que je sais ? quarante mille… cinquante mille ! J'ai dit : cinquante mille. Ce serait malheureux qu'avec notre fortune…

HENRIETTE : Quelle fortune, maman ?

50   Mme LEPIC : Celle qui est là, dans notre coffre-fort. Je l'ai encore vue l'autre jour ! Si tu crois que ton père me donne des chiffres exacts !… Il faut bien que j'en trouve, pour renseigner les marieurs. Et puis tu n'as pas qu'une belle dot. Tu es ins-truite. Tu es très bien. Inutile de faire la modeste avec ta

55 mère… Enfin, tu n'es pas mal.

HENRIETTE : Je ne proteste pas.

Mme LEPIC : Tu plais à M. Paul. Il te plaît. Il me plaît. Il plaira à M. Lepic.

HENRIETTE : Ce n'est pas une raison.

60   Mme LEPIC : Alors, M. Lepic dira pourquoi… ou je me fâcherai…

HENRIETTE : Ce sera terrible !

Mme LEPIC, *piquée* : Certainement… Je ne me mêle plus de rien.

HENRIETTE : Si, si, maman, mêle-toi de tous mes mariages,

65 c'est bien ton droit… et ton devoir. Et je ne demande pas mieux que de me marier ; mais tu te rappelles M. Fontaine, l'année dernière…

Mme LEPIC : M. Fontaine n'avait ni les qualités, ni la situation, ni le prestige…

70 HENRIETTE : Oh ! épargne-le… maintenant ! Il est loin !

Mme LEPIC : Tu ne vas pas me soutenir que M. Fontaine valait M. Paul.

HENRIETTE : Nous l'aurions épousé tout de même, tel qu'il était. Il ne me déplaisait pas.

75 Mme LEPIC : Il te plaisait moins que M. Paul.

HENRIETTE : Je l'avoue. Il te plaisait, naturellement.

Mme LEPIC : Pourquoi naturellement ?

HENRIETTE : Parce que tu n'es pas regardante[1], et qu'ils te plaisent tous.

80 Mme LEPIC : C'est à toi de les refuser, en définitive, non à moi.

HENRIETTE : Oui, oui, maman. Je suis libre et papa aussi.

Mme LEPIC : Il ne va pourtant pas refuser tout le monde.

HENRIETTE : Ce ne serait que le deuxième !

Mme LEPIC : Et sans donner de motifs… Je vois encore ce
85 M. Fontaine, qui était en somme acceptable, quitter ton père après leur entretien, nous regarder longuement comme des bêtes curieuses, nous saluer à peine, prendre la porte et… on ne l'a jamais revu.

HENRIETTE : Il avait déplu à mon père…

90 Mme LEPIC : Ou ton père lui avait déplu. M. Lepic n'a rien daigné dire et, toi, tu n'as rien demandé.

---

1. Difficile.

BIEN LIRE

L. 64-79 : Que peut-on penser de la façon dont Mme Lepic cherche à marier sa fille ?

HENRIETTE : C'était fini.

Mᵐᵉ LEPIC : Et pourquoi ? Mystère !

HENRIETTE, *rêveuse* : Je cherche à deviner. Mon père n'est
95 peut-être pas partisan du mariage.

Mᵐᵉ LEPIC : Je te remercie !… C'est ça qui te pendait au bout
de la langue ?

HENRIETTE : Oh ! maman !

Mᵐᵉ LEPIC : Tu as de l'esprit, sauf quand ton père est là. Tu
100 ne débâilles[1] pas devant lui. Prends garde qu'il ne reçoive ton
M. Roland comme il a reçu ton M. Fontaine.

HENRIETTE : Je le crains et je voulais dire que, peut-être, mon
mariage lui est indifférent[2].

Mᵐᵉ LEPIC : Oh ! tu me révoltes. Ton père ne t'aime pas
105 comme je t'aime, aucun père n'aime comme une mère, nous le
savons ; mais le père le plus dénaturé tient à marier sa fille.

HENRIETTE : Ne serait-ce que pour se débarrasser d'elle.

Mᵐᵉ LEPIC : Dirait-on pas que tu as une tache !

HENRIETTE : Quelle tache ?

110 Mᵐᵉ LEPIC : Ah ! si tu prends tout ce que je dis de travers.

HENRIETTE : Je m'énerve.

Mᵐᵉ LEPIC : C'est l'émotion des mariages. Calmons-nous, ma
pauvre fille, je te jure que ce mariage réussira. S'il venait à man-

---

1. « Tu n'arrêtes pas
de bâiller. »
2. Ne l'intéresse pas.

BIEN LIRE

**L. 102-103 : Que craint Henriette de la part de son
père ? Pourquoi ?**

quer, moi qui suis déjà la plus malheureuse des femmes, je
115 serais la plus malheureuse des mères.

HENRIETTE : Ce serait complet. Il ne te manquerait plus rien.
Ne te désole donc pas, ma pauvre maman, puisque, cette fois,
ça y est. Tu vois, je ris !

Mme LEPIC : Oui, tu ris, comme un chien qui a le nez pris dans
120 une porte ! Ris mieux que ça. – À la bonne heure ! Et puis, sois
adroite. Une vraie femme doit toujours céder, pallier[1], composer.

HENRIETTE : À propos de quoi, maman ?

Mme LEPIC : À propos de tout. Rappelle-toi ce que dit M. le
curé sur les petits mensonges nécessaires, qui atténuent ; ainsi,
125 par exemple, ton père déteste les curés ; eh bien, si ça le prend,
écoute-le un peu, pas trop, une minute. C'est dur ! Qu'est-ce
que ça te fait ? Veux-tu épouser M. Paul Roland, oui ou non ?

HENRIETTE : Oui, maman, tu as raison ! Je veux me marier, il
faut que je me marie !

SCÈNE IV
LES MÊMES, MADELEINE.

MADELEINE, *toilette des dimanches. Un petit livre de messe à la
main* : Qu'est-ce que vous avez ?

---

1. Excuser, compenser.

**L. 120-121 : Mme Lepic applique-t-elle les conseils
qu'elle donne à sa fille ? Avec quel succès ?**

Mᵐᵉ LEPIC, *encore désolée* : Nous sommes dans la joie !

MADELEINE : Ah ! oui !

5   Mᵐᵉ LEPIC : M. Paul et sa tante, Mᵐᵉ Bache, viendront à quatre heures, demander à M. Lepic la main d'Henriette.

MADELEINE, *gaie* : M. Paul Roland ? Vrai ?

Mᵐᵉ LEPIC : Il nous a prévenus par cette lettre. Lis, tu peux lire. M. Lepic est enchanté !

10   MADELEINE, *à Henriette* : Veinarde !... Oh ! quelle bonne nouvelle ! Ça me met en joie aussi, comme demoiselle d'honneur. *(À Henriette :)* Tu me gardes toujours, hein ?

HENRIETTE : Tu es indispensable. Tu seras la demoiselle d'honneur de tous mes projets de mariage !

15   MADELEINE : Comme si tu coiffais Sainte-Catherine[1] ? Tu n'as pas vingt ans. Je passais vous prendre pour aller aux vêpres ; vous ne venez pas ?

Mᵐᵉ LEPIC : Oh ! si ! Manquer les vêpres aujourd'hui ? Mais nous ne resterons pas au salut, pour être sûrement de retour à
20   l'arrivée de M. Paul et de sa tante.

MADELEINE : Comme nous bavarderons à l'église !

Mᵐᵉ LEPIC : Commencez tout de suite, mes filles. Je vais préparer un bon goûter de quatre heures et je vous rejoins.

---

1. *Coiffer Sainte-Catherine* : « ne pas être mariée à 25 ans ».

BIEN LIRE

L. 21 : Que pensez-vous de cette réplique de Madeleine ?

SCÈNE V

HENRIETTE, MADELEINE.

MADELEINE, *au cou d'Henriette* : Que je te félicite et que je t'embrasse ! M. Paul Roland est très bien.

HENRIETTE : Tu trouves ?

MADELEINE : Très, très bien. J'en voudrais un comme lui.

HENRIETTE : Tu me fais plaisir.

MADELEINE : Avec des yeux plus grands.

HENRIETTE : Si tu y tiens.

MADELEINE : Ça ne te contrarie pas ?

HENRIETTE : Moi-même, je les trouve un peu petits.

MADELEINE : Ce n'est qu'un détail. Et puis, M. Paul Roland a une belle position. Tout le monde le sait. Il va faire une demande officielle pour la forme. Il t'aime ?

HENRIETTE : Je crois.

MADELEINE : Et tu l'aimes ?

HENRIETTE : Oui, mais je n'ose pas trop me lancer.

MADELEINE : M. Lepic et lui sont déjà d'accord ?

HENRIETTE : Papa n'a encore rien dit à personne.

MADELEINE : Même à toi ? Tu n'as pas causé avec lui ?

HENRIETTE : Est-ce que je cause à papa ?

MADELEINE : M. Lepic et moi nous causons. Nous sommes une paire d'amis intimes.

HENRIETTE : Tu n'es pas sa fille !

MADELEINE : Je suis la fille de papa. Mais j'ai des causeries sérieuses avec papa.

25   HENRIETTE : Ton papa n'est pas marié avec maman.

MADELEINE : Ah ! non !

HENRIETTE : Tout est là, Madeleine. À chacun sa famille, et tu le sais bien.

MADELEINE : Je sais que dans la tienne il fait plutôt froid, 30 mais il me semble que, pour un cas aussi grave que ton mariage, on se dégèle.

HENRIETTE : Écoute, ma chérie, M. Paul m'écrit de temps en temps. Or, chaque lettre que je reçois, je la montre à papa. Il ne la regarde même pas !

35   MADELEINE : Eh bien ! Après ? M. Lepic pense que les lettres de M. Paul sont à toi seule.

HENRIETTE : C'est la même chose pour mes réponses. Je les lui offre à lire ; il ne les regarde pas.

MADELEINE : Je trouve ça très délicat. M. Lepic vous laisse 40 écrire librement. Moi, je ne montrerai mes lettres à personne. Tu ne peux pas reprocher à ton père sa discrétion.

HENRIETTE : Je lui reproche de ne pas s'apercevoir de mes efforts, de me paralyser, de me faire peur. Oh ! et puis, je ne lui reproche rien.

45   MADELEINE : Oui, tu me répètes souvent que tu as peur de ton père. Comme c'est drôle !

HENRIETTE : Depuis ma sortie de pension, depuis quatre années que je vis dans cette maison, au milieu des miens, entre mon père, qui n'aime que la franchise, et ma mère, qui s'en 50 passe volontiers, je ne fais qu'avoir peur. J'ai peur de tout, j'ai peur de lui, j'ai peur…

MADELEINE : De ta mère ?

HENRIETTE : Oh ! non. Mais à chaque instant j'ai peur pour elle ! Si tu savais, Madeleine, comme il est facile à une femme
⁵⁵ d'être insupportable à son mari ! Alors, j'ai peur de moi, peur de mon mariage, de l'avenir, de la femme que je serai.

MADELEINE : Tu as peur d'être une femme insupportable à M. Paul ?

HENRIETTE : Je ne suis pas sûre de rendre mon mari heureux.

⁶⁰ MADELEINE : Qu'il te rende heureuse d'abord ! On s'occupera de lui après.

HENRIETTE : Je ressemble beaucoup à ma mère.

MADELEINE : Quoi de plus naturel ?

HENRIETTE : Je m'entends.

⁶⁵ MADELEINE : Va mettre ton chapeau et allons aux vêpres, ça te distraira.

HENRIETTE : Ça ne me fait plus aucun bien. Tu sais si j'aime M. le curé, si j'ai en lui une confiance absolue. Eh bien ! elle se trouble, et à l'église, depuis quelques jours, je prie machinale-
⁷⁰ ment, je ne prie plus, je rêvasse, je pense à des actes de foi que les hommes ne peuvent ou ne veulent pas comprendre.

MADELEINE : Ils pourraient. Ils ne veulent pas. C'est des choses de femmes et de curé, ça ne regarde pas les hommes.

BIEN LIRE | **L. 64 : Que veut dire Henriette par cette réplique ?**

HENRIETTE : Pourquoi, Madeleine ?

75 MADELEINE : Ça leur est égal ; mon père, lui, s'en moque !

HENRIETTE : Le mien, non.

MADELEINE : Il a pourtant une forte tête, ton père !

HENRIETTE : C'est peut-être là le malheur !

MADELEINE : Henriette, tu avais trop de prix à la pension !
80 Veux-tu un conseil de ta petite amie ? Tu sais si papa est tendre
pour moi. Eh bien ! je vais te faire une confidence qui t'éton-
nera : il lui arrive, comme aux autres, de bouder.

HENRIETTE, *ironique* : Oh ! c'est grave !

MADELEINE : Ça me fait souffrir ; il n'y a pas que toi de sen-
85 sible ! Mais dès que je m'aperçois qu'il boude, je ne compte ni
une ni deux, je saute à son cou, et j'y reste pendue, jusqu'à ce
qu'il déboude, et ce n'est pas long !…

HENRIETTE : Sauter au cou de papa !

MADELEINE : Tu verras l'effet que ça fait !

90 HENRIETTE : Au cou de papa ! Madeleine !

MADELEINE : Eh bien ! quoi, ce n'est pas le clocher !

HENRIETTE : J'aimerais mieux sauter dans la rivière.

MADELEINE : Il est grand temps que tu te maries !… Tu ne
peux pas, si ça te gêne de bondir, t'approcher, tendre ta joue à
95 ton père et lui dire, câline : « Papa, ça me ferait plaisir d'épouser M. Paul Roland » ? Tu ne pourrais pas ? *(M. Lepic paraît.)*
Veux-tu que je te montre ?

HENRIETTE : Je vais mettre mon chapeau.

Elle se sauve.

SCÈNE VI

MADELEINE, M. LEPIC, *puis* HENRIETTE
et Mme LEPIC.

M. LEPIC : Te voilà, toi ?

MADELEINE : Oui ; bonjour, monsieur Lepic.

M. LEPIC : Bonjour, Madeleine !

MADELEINE : Ça va bien ?

5 M. LEPIC : Ça va comme les vieux.

MADELEINE : Vous êtes encore jeune.

M. LEPIC : Pas tant que toi.

MADELEINE : Chacun son tour !

M. LEPIC : Et pas si joli !

10 MADELEINE : Je suis donc jolie ?

M. LEPIC : Je ne te le répéterai pas.

MADELEINE : J'ai mis ma belle robe bleue du dimanche.

M. LEPIC : Elle te va bien. Ce n'était pas pour venir me voir ?

MADELEINE : Si, après la messe.

15 M. LEPIC : Tu y es allée ?

MADELEINE : Je ne la manque jamais.

M. LEPIC : Et tu l'as vu ?

MADELEINE : Qui ça ?

M. LEPIC : M. le curé !

20 MADELEINE : Oui.

M. LEPIC : Il y était, à la messe ?

MADELEINE : Ça vous étonne ?

M. LEPIC : De lui, non. Qu'est-ce qu'il t'a dit ?

MADELEINE : Il m'a dit : *« Pax vobiscum[1] ! »* en latin.

25 M. LEPIC : Il ne sait donc pas le français ?

MADELEINE : Et je le reverrai tout à l'heure, aux vêpres.

M. LEPIC : Il y va aussi ?

MADELEINE : Il fait son métier. Qu'est-ce que je lui dirai de votre part ?

30 M. LEPIC : Ce que tu voudras : « Fichez-nous la paix ! » en français.

MADELEINE : Oh ! vilain ! Faudra-t-il lui annoncer la grande nouvelle ?

M. LEPIC : Tu en connais une ?

35 MADELEINE : Oui ; vous voulez la savoir ?

M. LEPIC : Je n'y tiens pas.

MADELEINE : Je vous la dis tout de même : M. Paul Roland va venir aujourd'hui, à quatre heures, avec sa tante, Mme Bache ; il vous demandera la main de mon amie

40 Henriette, et vous la lui accorderez. Voilà !

M. LEPIC : C'est intéressant.

MADELEINE : Je suis bien renseignée ?

M. LEPIC : Tu en as l'air.

MADELEINE : N'est-ce pas que vous direz oui ? N'est-ce pas ?

45 Qui ne dit rien consent.

M. LEPIC : Qui ne dit rien… ne dit rien.

MADELEINE : Répondez gentiment.

M. LEPIC : Qu'est-ce que tu me conseilles ?

---

1. Expression latine utilisée par les curés qui signifie : « La paix soit avec vous ! »

MADELEINE : Oh! comme c'est fort! Bien sûr, ça ne me
regarde pas.

M. LEPIC : On ne le dirait guère.

MADELEINE : Si, ça me regarde! Henriette n'est-elle pas ma
grande amie? la seule. Après son mariage, le mien! qu'elle se
dépêche! Vous direz oui, hein! sans vous faire prier… Il ne veut
pas répondre… *(Elle lui touche le front.)* Oh! qu'est-ce qu'il y a là?

M. LEPIC : Un os, l'os du front.

MADELEINE : Dites oui, je vous en prie.

M. LEPIC : Ce n'est pas moi, un homme, qu'il faut prier, c'est…
Il désigne le ciel du doigt.

MADELEINE : Dieu! Je Le prie chaque jour! Dites oui, et vous
aurez la meilleure place dans mes autres prières.
Elle désigne son livre.

M. LEPIC : La meilleure! et ton amoureux? – Qu'est-ce que
c'est que ça?

MADELEINE : Je n'ai pas d'amoureux. Je n'ai que votre Félix,
il ne compte pas! – Ça, c'est mon livre.

M. LEPIC : Un roman?

MADELEINE : Mon livre de prières. J'aurai un vrai amoureux,
quand ce sera mon tour.

M. LEPIC : Dépêche-toi.

MADELEINE : Quand Henriette sera mariée, dès le lendemain,
je vous le promets.

M. LEPIC : Il y a déjà peut-être là-dedans sa photographie!

MADELEINE, *offrant le livre* : Voyez, je vous le prête. Ouvrez,
cherchez!

M. LEPIC : Ton livre ! Je le connais mieux que toi.

MADELEINE : Un fameux !

M. LEPIC : Veux-tu parier ?

MADELEINE : Vous n'en réciteriez pas une ligne.

80   M. LEPIC : Deux.

MADELEINE : Allons !

M. LEPIC :

> « Faux témoignage ne diras,
> Ni mentiras aucunement. »

85   MADELEINE : Très bien ; après ?

M. LEPIC : Continue, toi. *(Madeleine cherche.)* Tu ne te rappelles plus ?

MADELEINE *reprend son livre* : Ma foi, non :

> « L'œuvre de chair ne désireras
90   Qu'en mariage seulement. »

M. LEPIC : Eh bien ?

MADELEINE : Eh bien, quoi ?

M. LEPIC : Tu as compris ?

MADELEINE, *gênée* : Un peu.

95   M. LEPIC : M. le curé t'explique ?

MADELEINE : Sans insister.

M. LEPIC : C'est pourtant raide !

MADELEINE : Vous choisissez exprès !

M. LEPIC *reprend le livre* : Il y en a d'autres :

100   « Luxurieux[1] point ne seras… »

---

1. Qui aime les plaisirs de la chair.

MADELEINE : Assez! Assez! Élève Lepic! Vous savez encore votre catéchisme.

M. LEPIC : Pourquoi rougis-tu?

MADELEINE : Parce que vous êtes méchant, et que vous me
105 faites de la peine!

M. LEPIC : Pauvre petite! – Ça pourrait être un si beau livre! Tu ne feras pas mal de lire quelques poètes, pour te purifier.

MADELEINE : J'en lirai avec Henriette, quand nous serons mariées.

110 M. LEPIC : Trop tard!

MADELEINE : Nous nous rattraperons. Au revoir… Malgré vos malices de païen[1], je vous aime bien.

M. LEPIC : Moi aussi.

MADELEINE : Oh! vous, vous m'adorez!

115 M. LEPIC : Oh! oh!

MADELEINE : C'est vous qui me l'avez dit.

M. LEPIC : Tu m'étonnes. Je ne me sers pas de ce mot-là aussi facilement que tes écrivains.

MADELEINE : Vous ne m'avez pas dit que vous m'aimiez?

120 M. LEPIC : Ça, c'est possible.

MADELEINE : Vous me détestez, alors?

M. LEPIC : Comme tu raisonnes bien!

MADELEINE : Vous n'aimez personne?

M. LEPIC : Mais si.

125 MADELEINE : Qui donc?

---

1. Qui ne croit pas en un seul dieu, mais en plusieurs non considérés comme vrais dieux.

M. LEPIC, *gaiement* : Ma petite amie.

MADELEINE : Vous en avez une ?

M. LEPIC : Tiens !…

MADELEINE : À votre âge ?

130   M. LEPIC : Elle est si jeune, que ça compense.

MADELEINE, *très curieuse* : Comment s'appelle-t-elle ? Son petit nom ?

M. LEPIC : Madeleine.

MADELEINE : Comme moi. Et son nom de famille ?

135   M. LEPIC : Bertier.

MADELEINE : Madeleine Bertier : moi !

M. LEPIC : Dame !

MADELEINE : Oh ! quelle farce ! Ce n'est pas ce que je voulais dire. Je croyais que vous parliez d'une autre, je pensais à une 140 vraie.

M. LEPIC : Tu ne penses qu'au mal !

MADELEINE : Bien sûr qu'on s'aime tous deux, et je vous répète que je vous aime beaucoup.

M. LEPIC : Le dis-tu à M. le curé ?

145   MADELEINE : Je lui dis tout.

M. LEPIC : Tu diras le reste à ton mari.

MADELEINE : Est-il mauvais donc ! Ah ! vous ne vous êtes pas levé du bon côté, ce matin.

M. LEPIC : C'était dimanche.

150   MADELEINE : Au revoir, monsieur Lepic.

M. LEPIC : Au revoir, ma fille !

MADELEINE : Oh ! si j'étais votre fille… !

M. LEPIC : Ça se gâterait peut-être.

MADELEINE : Pourquoi ? Au fait, c'est à votre fille que vous
155 devriez dire tout ça.

M. LEPIC : J'en suis las[1] !

MADELEINE : Vous ne lui dites peut-être pas bien comme à moi.

M. LEPIC : Ah ! dis-le-lui toi-même, répète-le, puisque tu te
mêles de tout.

160 MADELEINE : C'est ce que je m'en vais faire, à l'instant, aux
vêpres.

M. LEPIC : Ce ne sera pas du temps perdu…

MADELEINE : Allons, embrassez-moi. *(Elle lui tend la joue.)*
Sur l'autre. *(À Henriette qui revient :)* Tu vois…

165 HENRIETTE : Au revoir, papa ! *(Elle lui donne avec timidité un
baiser que M. Lepic garde. – À Madeleine :)* Tu vois !

MADELEINE : Ton fiancé te le rendra ce soir !

*Sonneries de cloches pour le départ! M. Lepic se bouche une
oreille du creux de la main. Les trois dames, Mᵐᵉ Lepic au milieu,*
170 *sont sur un rang, avec les trois livres de messe.*

Mᵐᵉ LEPIC : Vous y êtes, nous partons ? *(Énormité du livre de
Mᵐᵉ Lepic ; le livre de Mᵐᵉ Lepic tombe.)*

M. LEPIC : Pouf !

Mᵐᵉ LEPIC : Allez devant, mes filles, je vous rejoins.

175 *Elle ramasse son livre. M. Lepic va décrocher son fusil.
Mᵐᵉ Lepic, qui est restée en arrière, feint d'essuyer son livre, et
observe avec stupeur M. Lepic.*

---

1. Fatigué.

SCÈNE VII

M. LEPIC, Mme LEPIC.

Mme LEPIC : Tu sors, mon ami ?… tu sors ?… Tu as bien lu la lettre de M. Paul Roland ?… Tu cherches des allumettes ? En voilà une boîte de petites que j'ai achetées pour toi. C'est moins lourd dans la poche. *(M. Lepic prend une autre boîte d'allumettes*
5 *sur la cheminée et il se bouche encore l'oreille. Mme Lepic continuant :)* Avec ces cloches, on ne s'entend pas ! *(Elle ferme la fenêtre.)* M. Paul et sa tante seront là à quatre heures… Veux-tu cette table ? Attends que je te débarrasse. *(M. Lepic appuie son fusil sur une autre table et l'ouvre ; par les canons, il cherche la*
10 *lumière et rencontre Mme Lepic.)* À quatre heures précises. Tu seras là. Oui, tu ne vas pas loin ? *(M. Lepic et Mme Lepic se heurtent. Passage difficile. M. Lepic reste immobile et attend.)* Un petit tour seulement ? Ce n'est pas la peine de mettre tes guêtres. *(M. Lepic met ses guêtres.)* Veux-tu que je te prépare une chemise
15 propre pour les recevoir ? Tu n'as pas besoin de t'habiller, mais ce serait une occasion d'essayer tes chemises neuves… Ton chapeau de paille, par ce soleil ? *(M. Lepic prend son chapeau de feutre.)* Oh ! ces cloches. *(Elle ferme la porte.)* À quatre heures, quatre heures quinze. Nous ne sommes pas à un quart d'heure
20 près… D'ailleurs nous t'attendrons. Au revoir, mon ami ! Si tu pouvais nous rapporter un petit oiseau pour notre dîner !

M. Lepic sort. Les cloches rentrent.

SCÈNE VIII

Mᵐᵉ LEPIC, *SEULE*.

Mᵐᵉ LEPIC : Oh ! tête de fer ! pas un mot. Pas même : tu m'ennuies ! Et c'est comme ça depuis vingt-sept ans ! Et ma fille va se marier !

Elle sort avec dignité, au son des cloches.

ACTE DEUXIÈME

Même décor qu'au premier acte. Après vêpres.

SCÈNE PREMIÈRE

Mᵐᵉ LEPIC, HENRIETTE *Retour de vêpres*, FÉLIX,
PAUL ROLAND, TANTE BACHE.

Mᵐᵉ LEPIC *regarde l'horloge* : Il sera là dans un quart d'heure. Il me l'a bien promis.

FÉLIX, *ironique* : Oh ! Formellement ?

Mᵐᵉ LEPIC : Il était de si bonne humeur qu'il m'a dit en par-
5 tant : « Je tâcherai de te rapporter un petit oiseau qui t'ouvre l'appétit. »

FÉLIX : Il t'a dit ça ?

Mᵐᵉ LEPIC : Oui ; ça t'étonne ? Il fallait être là, tu l'aurais entendu !

10 TANTE BACHE, *agitée* : Nous sommes tranquilles. M. Lepic est un homme du monde !

Mme LEPIC : Surtout avec les étrangers.

TANTE BACHE : D'une politesse ! Froid, mais si comme il faut ! Et quel grand air !

15 Mme LEPIC : Et si vous l'aviez vu danser !

TANTE BACHE : Oh ! je le vois !

Mme LEPIC : Toutes les femmes le regardaient. C'est par là qu'il m'a séduite… Il ne danse plus !

TANTE BACHE : Il reste élégant.

20 Mme LEPIC : Oui, il fait encore de l'effet, à une certaine distance.

TANTE BACHE : De loin et de près, il m'impressionne. Si je me promenais à son bras, je n'oserais rien lui dire.

Mme LEPIC : Comme il est lui-même peu bavard, vous ne 25 seriez pas longue à vous ennuyer.

TANTE BACHE, *rêveuse* : Non. Nous marcherions silencieusement, muets, dans un parc, à l'heure où la musique joue.

HENRIETTE : Comme vous êtes poétique, tante Bache.

TANTE BACHE : Je l'avoue. C'est ce que mon mari, de son 30 vivant, appelait « faire la dinde ».

FÉLIX : C'était un brave homme, M. Bache !

TANTE BACHE : Oui, mais il avait de ces familiarités.

Mme LEPIC : Ça vaut mieux que rien !

BIEN LIRE

L. 33 : Que veut dire Mme Lepic dans sa réplique ? Pourquoi cette amertume ?

TANTE BACHE : Mieux que rien, des gros mots !

35   HENRIETTE : Des gros mots affectueux.

TANTE BACHE : Des injures, oui…

Mme LEPIC : Ça rompt le silence.

PAUL : Mesdames ! mesdames ! Ce n'est pas le jour de dire du mal des maris.

40   TANTE BACHE : Et devant Henriette !

Mme LEPIC : Elle aura son tour !

PAUL : Attendez !

TANTE BACHE : Oh ! tu ne ressembles pas à M. Bache, mais plutôt à M. Lepic qui est d'une autre race.

45   Mme LEPIC : Quand il veut, charmant causeur. Ah ! j'en ai écouté de jolies choses !

TANTE BACHE : Il les choisit ses mots, lui, et les pèse.

Mme LEPIC : Un à un. Aujourd'hui il y met le temps !

TANTE BACHE : C'est un sage !

50   Mme LEPIC : Oh ! chère amie, une image ! Je vous le prêterai.

PAUL : Mesdames !…

TANTE BACHE : Un penseur !…

Mme LEPIC *regarde l'horloge* : Pourvu qu'il pense à revenir !

TANTE BACHE : Chose bizarre ! Il m'attire et je le crains. Oh !

55 cette demande en mariage !

BIEN LIRE

L. 50 : Que pensez-vous de l'expression « une image » ? Que veut-elle souligner ?

PAUL : Tu ne vas pas reculer ?

TANTE BACHE : Non, non, je la ferai puisqu'il le faut, puisque c'est l'usage. Drôle d'usage ! C'est toi qui vas te marier, et c'est moi…

60   PAUL : Ma bonne tante !

TANTE BACHE : Oh ! ne te tourmente pas ; je serai brave. J'ai bien mes gants dans ma poche ? Oui. Des gants neufs ! C'est leur première sortie. Mon cœur toque ! Il me semble que je vais demander M. Lepic en mariage pour moi ! Qu'est-ce que je lui 65 dirai, et comment le dirai-je ?

PAUL : Tu t'en tireras très bien !

TANTE BACHE : « Très bien ! très bien ! » Il ne faut pas me prendre pour une femme si dégourdie !

Mᵐᵉ LEPIC : Soyez nette. La netteté avant tout !

70   TANTE BACHE : Oui. N'est-ce pas ! toute ronde !

FÉLIX : Avec papa qui est carré, gare les chocs !

TANTE BACHE : Ah !

FÉLIX : Je dis ça pour vous prévenir !

TANTE BACHE : Oui, oui.

75   Mᵐᵉ LEPIC : Et flattez-le d'abord.

TANTE BACHE : Vous me disiez d'être nette.

Mᵐᵉ LEPIC : Avec de la souplesse et même de la ruse. Par exemple, dites-lui du mal des curés.

TANTE BACHE : À propos de quoi ?

80   Mᵐᵉ LEPIC : Il n'y a plus que ça qui lui fasse plaisir !

TANTE BACHE : Je ne pense pas de mal des curés !

FÉLIX : Vous vous confesserez après.

PAUL : Ma tante! reste naturelle, sois franche – comme toujours! J'ai causé plusieurs fois avec M. Lepic, et il m'a fait l'impression d'un homme de sens, quoique spirituel.

TANTE BACHE : Spirituel! Mon Dieu!

PAUL : Oh! il a de l'esprit, c'est incontestable, un esprit particulier, personnel, caustique[1]; mais je ne suis pas ennemi d'une certaine satire[2], même à mes dépens, pourvu qu'elle soit raisonnable, et, à ta place, je prendrais M. Lepic par la simple raison.

TANTE BACHE : J'essaierai!

Mme LEPIC : Ou les belles manières, puisque vous trouvez qu'il en a.

TANTE BACHE : Oui, mais est-ce que j'en ai, moi?

FÉLIX : Vous ne manquez pas d'un certain genre.

TANTE BACHE : Moquez-vous de moi, c'est le moment!

HENRIETTE : Prenez-le par la douceur.

TANTE BACHE : C'est le plus sûr.

FÉLIX : Prenez-le donc comme vous pourrez. Papa est un chic type!

TANTE BACHE : Oh! oui! comme je pourrai… C'est le plus simple. D'ailleurs, je ne dirai que deux mots, n'est-ce pas : « M. Lepic, j'ai l'honneur… » Je me rappelle bien ta phrase, Paul, et je n'ai pas besoin d'entrer dans les détails.

FÉLIX : Non, n'exagérez pas les cérémonies avec papa!

TANTE BACHE : Un oui de M. Lepic me suffira.

---

1. Qui est mordant dans la moquerie.
2. Critique sur le mode ironique d'un groupe social qui tend à souligner ses ridicules.

FÉLIX : Il ne vous en donnera pas deux.

PAUL : Pourvu que tu l'obtiennes !

FÉLIX : Ça ne fait aucun doute ! J'ai besoin d'un beau-frère,
110 maintenant que je suis bachelier ! Quand vous irez à Paris pour affaires, vous m'emmènerez et nous ferons la noce !

PAUL : Votre confiance m'honore.

FÉLIX : Je me suis fait faire un complet-jaquette.

PAUL : C'est de rigueur. *(À Henriette :)* Ma tante réussira-t-
115 elle ?

HENRIETTE : Je ne sais pas.

PAUL : Vous l'espérez ?

HENRIETTE : Je l'espère.

FÉLIX : J'te crois, que tu l'espères ! Henriette est une fille bien
120 élevée qui a la mauvaise habitude de cacher ses sentiments.

PAUL : Il est spirituel ! Il tient de son père !

FÉLIX, *fier* : Je ne tiens que de lui ! Je suis le sous-chef de la famille.

Mme LEPIC : Et tu tiens le reste de ta mère, mauvais fils !

125 FÉLIX : Je le laisse à ma sœur.

Mme LEPIC : Ma chère fille ! Embrassez-la, monsieur Paul, ça portera bonheur à tante Bache.

FÉLIX : Il n'a pas le droit ! Oh ! ce soleil, Henriette.

BIEN LIRE

L. 122-123 : En quoi cette réplique : « Je suis le sous-chef de la famille » est-elle comique ?

TANTE BACHE : C'est l'amour.

130 FÉLIX : C'est curieux de changer de couleur comme ça. Elle va prendre feu !

Mme LEPIC, *attendrie, à Paul* : Ah ! mon cher fils !

FÉLIX : Mais non, maman, c'est moi, ton fils.

Mme LEPIC : J'en aurai deux. Du courage, chère tante.

135 FÉLIX : Tu te trompes encore ! Ce n'est pas ta tante.

Mme LEPIC : Tu m'ennuies, elle le sera bientôt, par alliance. À l'arrivée de M. Lepic, nous disparaîtrons, sur un signe que je ferai, pour vous laisser seuls.

TANTE BACHE : Seuls ?

140 Mme LEPIC : Oui, tous les deux, ici.

TANTE BACHE : Ah ! ici.

Mme LEPIC : Ça vous va ?

TANTE BACHE : Oh ! n'importe où. Partout j'aurai une frousse !

Mme LEPIC : Ici, il y a de la lumière et de l'espace.

145 TANTE BACHE : Il ne m'en faut pas tant !

Mme LEPIC : Et nous serons là, près de vous, derrière la porte ; nous vous soutiendrons de nos vœux, de nos prières.

FÉLIX : Si tu allais chercher M. le curé !

Mme LEPIC, *désolée* : M. Lepic ne peut pas le sentir ! Et c'est

150 pourtant un curé parfait, qui ne s'occupe de rien !

BIEN LIRE

L. 149-150 : Que peut-on dire de cette qualité du curé évoquée par Mme Lepic ?

FÉLIX : À quoi sert-il ?

PAUL : Pour l'instant il est inutile.

Mme LEPIC : Écoutez : nous mettrons d'abord M. Lepic de bonne humeur… C'est demain sa fête, il faut la lui souhaiter
155 aujourd'hui, tout à l'heure, dès qu'il rentrera…

FÉLIX : Tu es sûre de ton effet ? D'ordinaire, ça ne porte pas.

Mme LEPIC : Quand nous ne sommes qu'entre nous, non ! Mais si son cœur se ferme aux sentiments les plus sacrés de la famille, devant le monde il n'osera pas le laisser voir. Henriette,
160 montre ton cadeau.

HENRIETTE, *rieuse* : Un portefeuille que j'ai brodé.

PAUL : Très artistique ! Un goût !…

Mme LEPIC : Vous remarquez le sujet ?

PAUL : Une tête de République.

165 Mme LEPIC : Ce ne sont pas nos idées, à ma fille et à moi, mais ça l'attendrira peut-être… Le prochain sera brodé pour vous, avec un autre sujet.

Elle reprend le portefeuille.

PAUL : Oh ! je suis très large d'idées !

170 FÉLIX : Papa dit qu'on est très large d'idées quand on n'en a point.

PAUL : C'est très fin !

TANTE BACHE : Et des fleurs, pour M. Lepic ?

FÉLIX : Papa ne les aime que dans le jardin.

175 TANTE BACHE : Toujours des goûts distingués !

Mme LEPIC : Quatre heures et demie !

PAUL : Vous êtes inquiète ?

Mᵐᵉ LEPIC : Non, non. Mais il est si original !

PAUL : Quelque lièvre qui l'aura retardé !

180 FÉLIX : Ou un lapin qu'il vous pose.

Mᵐᵉ LEPIC, *à Félix* : Si tu allais au-devant de lui ?

FÉLIX : Ça le ferait venir moins vite.

Mᵐᵉ LEPIC, *fébrile* : Je commence à… J'aurais donc mal compris…

185 TANTE BACHE, *avec espoir* : S'il ne venait pas !

Mᵐᵉ LEPIC : Ce serait une humiliation pour vous !

TANTE BACHE : Oh ! ça !

FÉLIX, *qui regardait par la fenêtre* : Voilà le chien ! Et papa avec Madeleine.

190 Mᵐᵉ LEPIC *soupire* : Ah ! mon Dieu !… Je le savais bien !

TANTE BACHE, *avec effroi* : Ah ! mon Dieu !… plus d'espoir.

PAUL, *troublé* : Le bel animal !

    Sifflements et caresses au chien par la fenêtre.

HENRIETTE : Il s'appelle Minos.

195 TANTE BACHE, *la main sur son cœur* : C'est la minute la plus palpitante de ma vie !… (*À Mᵐᵉ Lepic :*) Pipi ! Pipi !…

Elle s'éclipse.

BIEN LIRE — **L. 180 : Quel est le sens de l'expression poser un lapin ?**

SCÈNE II
LES MÊMES, M. LEPIC, MADELEINE.

Salutations.

Mme LEPIC, *à Madeleine* : Tu l'as rencontré ?

MADELEINE : Il revenait sans se presser.

PAUL, *avec le désir de plaire* : Cher monsieur, on ne demande
5 pas à un chasseur s'il se porte bien, mais s'il a fait bonne
chasse.

Mme LEPIC, *volubile*[1] : Oh ! M. Lepic fait toujours bonne
chasse ! Depuis que nous sommes mariés, je ne l'ai jamais vu
rentrer bredouille. Grâce à lui, notre garde-manger ne désem-
10 plit pas, et M. le conseiller général me disait hier (et pourtant
il chasse) que mon mari est le meilleur tireur du département.
Je suis sûre que nous n'allons pas jeûner[2] !

FÉLIX, *qui, cette phrase durant, a fouillé la carnassière de
M. Lepic* : Une pie !

15   *M. Lepic rit dans sa barbe.*

PAUL : Compliments ! elle est grasse !

                                        On se passe la pie.

TANTE BACHE *reparaît* : Que dites-vous ? qu'est-ce qu'il y a ?
Pauvre petite bête !

20 PAUL : On prétend que c'est très bavard !

M. LEPIC : C'est pour ça que je les tue !

---

1. Qui parle beaucoup à un rythme rapide.
2. Rester sans manger.

Mme LEPIC : M. Lepic n'a pas eu le temps de faire bonne chasse !
Il est rentré trop tôt, à cause de vous, il s'est dépêché en votre
honneur. Il ne l'aurait pas fait pour n'importe qui, je le connais.

25 TANTE BACHE, *à M. Lepic qui ôte ses guêtres* : Nous sommes
très touchés.

Mme LEPIC *passe le portefeuille* : Henriette !

HENRIETTE, *émue* : Mon cher papa, je te souhaite une bonne
fête.

30 M. LEPIC, *avec un haut-le-corps* : Hein ? Quoi ? Ça surprend
toujours.

HENRIETTE : Accepte ce modeste souvenir.

Mme LEPIC : De ta fille affectionnée !

M. LEPIC, *à Henriette* : Je te remercie.

35 FÉLIX : Le dessin doit te plaire ?

M. LEPIC : Qu'est-ce que ça représente ? La Sainte Vierge ?

Mme LEPIC : Ah ! pardon ! Je me trompe, ce n'est pas celui-là.
(Elle passe l'autre portefeuille.) La République ! Une attention
délicate de notre chère Henriette !

40 FÉLIX : Tu en tiens une fabrique, ma sœur ! Pour qui l'autre ?
Pour M. le curé !

Mme LEPIC : Pour personne.

Elle se dresse afin d'embrasser M. Lepic.

BIEN LIRE

**L. 14-21 : En quoi le produit de la chasse est-il un symbole
important ?**

**L. 30-31 : Que pensez-vous de la réaction de M. Lepic au souhait de
sa fille ?**

M. LEPIC : Qu'est-ce qu'il y a ?

45   Mme LEPIC : Laisse-moi t'embrasser, pour ta fête ! Je ne te mangerai pas. *(Elle l'embrasse.)* Lui ne m'embrasse pas : sa cigarette le gêne.

M. Lepic n'a plus sa cigarette.

FÉLIX : Mon vieux papa, je te la souhaite bonne et heureuse !

50   M. LEPIC : Toi aussi ! *(À Paul :)* Je vous prie d'excuser, monsieur, cette petite scène de famille.

PAUL : Mais comment donc ! Permettez-moi de joindre mes vœux…

Discret serrement de main.

55   TANTE BACHE, *balbutiante* : Si j'avais su, monsieur Lepic… !

M. LEPIC : Je l'ignorais moi-même.

TANTE BACHE : Je vous aurais apporté un bouquet ! ne fût-ce que quelques modestes fleurs des champs !

M. LEPIC : Je vous les rendrais, madame, elles vous serviraient
60   mieux qu'à moi de parure !

TANTE BACHE, *confuse* : Oh ! monsieur Lepic !

Mme LEPIC : Embrassez-le, allez, je ne suis pas jalouse ! Il a ses petits défauts, comme tout le monde, mais, grâce à Dieu, il n'est pas coureur !

65   TANTE BACHE : Oh ! madame Lepic, qu'est-ce que vous m'offrez là ?

Elle baisse la tête ; – gêne de tous,
sauf de M. Lepic et de Félix qui rient.

M. LEPIC, *à Félix* : Tu ris, toi ?… À qui le tour ? À toi,
70   Madeleine ?

MADELEINE, *au cou de M. Lepic* : Je vous souhaite d'être bientôt grand-père !...

M. LEPIC : Tu y tiens toujours ?

PAUL, *à M. Lepic* : Monsieur, je suis charmé de vous revoir.

75 M. LEPIC : Pareillement, monsieur !

Mme LEPIC *frappe légèrement dans ses mains* : Si nous faisions un tour de jardin, monsieur Paul ? Avec Henriette et Félix. Tu viens, Madeleine ? On vous laisse à M. Lepic, madame Bache.

TANTE BACHE : Moi ! mais je ne suis pas prête.

80 *Elle tire ses gants.*

SCÈNE III

TANTE BACHE, M. LEPIC,
puis PAUL, Mme LEPIC, HENRIETTE *et* MADELEINE

M. Lepic regarde Mme Bache mettre ses gants qu'elle déchire.

M. LEPIC : Faut-il mettre les miens ?

TANTE BACHE : Oh ! vous, pas besoin ! Ne bougez pas ! Oui, monsieur Lepic, c'est à moi l'honneur, la mission, le...

5 M. LEPIC :... la corvée...

TANTE BACHE :... le supplice, monsieur Lepic !... *(Elle se précipite sur la porte, la rouvre et crie :)* Paul ! Paul ! je ne peux pas, je ne peux pas ! fais ta demande toi-même !

BIEN LIRE

L. 1 : Que signifient les gants de tante Bache ? Que révèlent-ils aussi ?

PAUL : Oh !… ma tante !

10　TANTE BACHE : Non, non !… Les mots ne sortent plus ! Je m'évanouirais. Tant pis ! Pardon, pardon, monsieur Lepic ! Je me sauve.

Paul, Mme Lepic, Henriette, Madeleine se précipitent.

HENRIETTE, *soutenant tante Bache* : C'est la chaleur !

15　TANTE BACHE : Non, je suis très émue.

Mme LEPIC : C'est une indigestion ; elle choisit bien son heure.

TANTE BACHE, *à Paul* : Débrouille-toi !

Mme LEPIC : Oui, parlez, vous, que ça finisse !

TANTE BACHE : Tu ne te démonteras pas, toi, j'espère, un

20　ancien dragon !

Mme LEPIC, *bas à Paul* : N'oubliez pas de lui dire du mal des curés !

SCÈNE IV

PAUL, M. LEPIC.

PAUL : Excusez-la, monsieur !

M. LEPIC : Volontiers. Mais de quoi ? Qu'est-ce qu'elle a ? Elle est malade ?

PAUL : Du tout. Au contraire ! elle devait vous dire… Mais

5　vous lui inspirez un tel respect que son trouble était à prévoir ; elle déclarait tout à l'heure : « M. Lepic me ferait entrer dans un trou de souris. »

M. LEPIC : Pauvre femme ! Elle a vraiment l'air de souffrir. Il faut lui faire prendre quelque chose !

10   PAUL : Oh ! merci, elle n'a besoin de rien ! Est-ce bête ! une femme de cinquante ans ! Je suis furieux ! une démarche de cette importance.

M. LEPIC : De quoi s'agit-il ? Si c'est pressé, ne pouvez-vous… ?

PAUL : Ma foi, monsieur, si vous le permettez, ce qu'elle
15   devait vous dire, je vous le dirai moi-même.

M. LEPIC : Je vous en prie !

PAUL : Merci, monsieur.

M. LEPIC : Asseyez-vous donc, monsieur.

PAUL : Je ne suis pas fatigué.

20   M. LEPIC : Si vous préférez rester debout !

PAUL : Non, non.

M. LEPIC : Alors !

Il désigne un siège ; on s'assied, après que M. Lepic a fermé la porte.

PAUL : Vous devinez d'ailleurs l'objet de ma visite ?

25   M. LEPIC : Presque, monsieur, par votre lettre de ce matin, et par les gants de Mme votre tante !

PAUL : Vous êtes perspicace[1] ! Sans doute, il eût été préférable, plus conforme aux règles de la civilité, puisque je suis orphelin – ce qui, à mon âge, trente-sept ans, est presque naturel…

30   M. LEPIC : C'est moins pénible.

PAUL : J'ai perdu aussi mon oncle.

M. LEPIC : J'avais de l'estime pour M. Bache. Je l'ai vu une fois apostropher[2] Mme Bache d'une façon impressionnante.

---

1. Qui voit ce qui n'est pas facile à voir, clairvoyant.
2. S'adresser brusquement à quelqu'un.

PAUL : Oui, ils s'aimaient beaucoup !... Il eût été plus correct,
35 dis-je, que ma tante prît, en cette circonstance solennelle, la place de mes parents. *(Geste vague de M. Lepic.)* Peu vous importe ?

M. LEPIC : Oui.

PAUL : Vous me mettez à l'aise, et je n'hésite plus. Vous me
40 connaissez, monsieur Lepic ?

M. LEPIC : Oui, monsieur.

PAUL : Vous me connaissez ?

M. LEPIC : Oui : M. Paul Roland, orphelin, trente-sept ans.

PAUL : Vous connaissez non seulement ma modeste per-
45 sonne, mais ma situation. Elle est excellente. Si j'ai eu du mal au début, je n'ai pas à me plaindre du résultat de mes efforts. *(Il désigne ses palmes.)* Et me voilà directeur, à Nevers, d'une école professionnelle en pleine prospérité. Vous venez souvent à Nevers ?

50 M. LEPIC : Quelquefois !

PAUL : L'aspect extérieur de l'école a dû vous frapper, place de l'Hôtel-de-Ville, quand on sort de la cathédrale.

M. LEPIC : Quand on en sort. Mais, pour en sortir, il faut d'abord y entrer.

55 PAUL : Oh ! un monument historique !...

BIEN LIRE

L. 47-49 : Quel est le métier de Paul ? Où vit-il ?

M. LEPIC : Je ne suis pas connaisseur.

PAUL : Vous n'y perdez pas grand-chose! Je me propose d'acheter plus tard et de démolir la bicoque d'en face et nous aurons alors une vue splendide sur la Loire. Je vous dis ça, mon-
60 sieur Lepic, parce que vous êtes, comme chasseur, un passionné de la Nature.

M. LEPIC : Je l'apprécie.

PAUL : En artiste?

M. LEPIC : Je ne suis pas artiste.

65 PAUL : Comme chasseur? Un beau coucher de soleil sur la Loire, en septembre!

M. LEPIC : Soit!

PAUL : Il ne manque à mon école qu'une femme capable de la diriger avec moi, de surveiller certains services : la lingerie,
70 l'infirmerie, les cuisines, etc. Une femme d'ordre et de goût. J'ai cherché à Nevers, sans trouver; à Nevers nous n'avons pas beaucoup de femmes supérieures.

M. LEPIC : Ici non plus.

PAUL : Pardon! Le hasard m'a fait rencontrer, chez ma tante
75 Bache, Mlle Henriette. C'était la femme qu'il me fallait. Elle m'a du premier coup séduit par sa distinction, sa réserve, sa… *(M. Lepic roule une cigarette.)* Je ne vous ennuie pas?

BIEN LIRE

L. 68-72 : Que recherche Paul ? Pourquoi ?

M. LEPIC : Du tout. Vous permettez ? J'en ai tellement l'habitude.

80 PAUL : J'abrégerais.

M. LEPIC : Prenez votre temps.

PAUL : Vous me le diriez, si j'étais trop long ?

M. LEPIC : Je n'y manquerais pas. Vous ne fumez pas ?

PAUL : Si, si, mais plus tard, ça me gênerait en ce moment…
85 J'ai besoin de tous mes moyens !

M. LEPIC : À votre aise !

PAUL : J'ai revu plusieurs fois Mlle Henriette, chez ma tante, avec Mme Lepic, cela va de soi, et après quelques causeries espacées, une douzaine, pour être précis, ces dames ont bien voulu
90 me répondre que je n'avais plus besoin que de votre consentement. C'est donc d'accord avec elles que j'ai l'honneur…

Il se lève.

M. LEPIC : Vous partez !

PAUL, *après avoir souri* :… de vous demander la main de
95 Mlle Henriette, votre fille.

M. LEPIC : Je vous la donne.

Il se lève et Paul se rassied.

PAUL, *stupéfait* : Vous me la donnez !

M. LEPIC : Oui.

BIEN LIRE

L. 98 : Pourquoi Paul est-il aussi surpris ?

100 PAUL : Comme ça !

M. LEPIC : Comme vous me la demandez.

PAUL : Vous ne vous moquez pas de moi ?

M. LEPIC : Je sais prendre au sérieux les choses graves de la vie : les naissances, les mariages et les enterrements... Vous
105 n'avez pas l'air content ?

PAUL : Oh ! monsieur Lepic... Mais la joie, la gratitude[1], la...

M. LEPIC :... la surprise !

PAUL : J'avoue que je redoutais des objections.

M. LEPIC : Lesquelles ?

110 PAUL : Ah ! je ne sais pas, moi... Enfin, je n'espérais guère un consentement si rapide.

M. LEPIC : Vous êtes d'accord avec ces dames ; ça suffit... Elles sont assez grandes pour savoir si elles veulent se marier.

PAUL : Vous êtes le chef de famille !

115 M. LEPIC : Je ne dis pas non ! Mais je n'ai encore refusé ma fille à personne, il n'y a pas de raison pour que je commence par vous.

PAUL : Je vous remercie.

M. LEPIC, *gaiement* : Il y a de quoi.

120 PAUL : Je suis heureux.

M. LEPIC : Vous avez ce que vous désirez.

PAUL : Je suis très heureux...

M. LEPIC : Vous ne tenez plus qu'à connaître le chiffre de la dot !

---

1. Reconnaissance.

125　　PAUL : Oh ! ce n'est pas la peine.

M. LEPIC : Ne point parler de dot à propos de mariage ! Vous plaisantez !

PAUL : Mme Lepic a dit quelques mots… à ma tante !

M. LEPIC : Ah ! Vous savez que Mme Lepic ignore tout de mes
130　affaires.

PAUL : Elle paraissait renseignée.

M. LEPIC : Elle a fixé un chiffre ?

PAUL : Vague !

M. LEPIC : Combien ?

135　PAUL : Une cinquantaine de mille.

M. LEPIC : Où a-t-elle pris ce chiffre ? Où l'a-t-elle pris ? Quelle femme ! Elle croit sérieusement que ces cinquante mille francs existent. Elle est sûre de les avoir vus… *(désignant le coffre-fort)* dans cette boîte, qu'elle ne sait même pas ouvrir, et
140　où je ne mets que mes cigares. Elle est admirable. *(Rouvre le coffre-fort.)* Donnez-vous donc la peine de jeter un coup d'œil ! Vous voyez, il est vide ! Monsieur, vous êtes ruiné !

PAUL, *avec un peu trop de pompe*[1] : Mlle Henriette, sans dot, me suffit.

145　M. LEPIC : Je donnerai à ma fille cent mille francs. Chiffre exact !

PAUL, *ébloui* : C'est vous qui êtes admirable !

---

1. Avec trop d'emphase, d'exagération.

BIEN LIRE

L. 137-142 : Que peut-on penser de cet épisode du coffre-fort vide ? Que nous révèle-t-il de Mme Lepic ?

M. LEPIC : Et je sais où ils sont !

PAUL : Oh ! je n'en doute pas. Merci ! Je n'espérais pas tant !
Merci, merci !

150   M. LEPIC : Quelle joie ! Prenez garde ! On croirait que c'est
pour la dot.

PAUL : C'est pour ces dames. Il me tarde de leur annoncer la
bonne nouvelle et de leur dire combien je suis… nous sommes
heureux, vous et moi !

155   M. LEPIC : Moi !

PAUL : Oui, je m'entends : un père qui marie sa fille, c'est un
homme heureux. On ne marie pas sa fille tous les jours !

M. LEPIC : Ce serait monotone !

PAUL : Vous êtes donc heureux, vous aussi. Vous l'êtes ! Vous
160 devez l'être ! Il faut que vous le soyez.

M. LEPIC : Il le faut ?

PAUL : Hé ! oui !

M. LEPIC : Ça ne m'est pas désagréable.

PAUL : C'est quelque chose, mais…

165   M. LEPIC : C'est tout.

PAUL : Monsieur Lepic, vous ne doutez pas du bonheur futur
de votre fille !

M. LEPIC : Comme il dépendra de vous désormais, je n'y
pourrai plus rien.

170   PAUL : Elle sera très heureuse… je vous en réponds… Et moi
aussi. Moi, ça vous est égal ? Cependant, je ne vous suis pas
antipathique ?

M. LEPIC : Pas encore.

PAUL : Ah ! riez ! J'ai bon caractère.

175   M. LEPIC : Tant mieux pour ma fille.

PAUL : Et puis, j'étais prévenu… Oui, maintenant que j'ai votre parole, – et vous n'êtes pas homme à me la retirer, – je me permets de vous dire, avec déférence, que je vous savais…

M. LEPIC :… original !

180   PAUL : C'est ça ! Vous dites et ne faites rien comme tout le monde.

M. LEPIC : Rien comme Mme Lepic.

PAUL : Vous êtes un peu misanthrope, un peu misogyne[1].

M. LEPIC : Il y a simplement des hommes et des femmes que 185 je n'aime pas.

PAUL : Ça ne vous fâche point, ce que je vous dis ?

M. LEPIC : C'est sans importance.

PAUL : D'ailleurs, moi qui me flatte de n'être qu'un homme ordinaire, – pratique, si vous aimez mieux, – l'originalité ne me 190 choque pas chez les autres et je trouve tout naturel que chacun ait ses façons, ses manières, ses manies.

M. LEPIC : « Manières » suffisait.

PAUL : Oh ! monsieur Lepic ! loin de moi la pensée… je vous honore et vous respecte… je ressens déjà pour vous une affec-195 tion sincère.

---

1. Qui n'aime pas les femmes.

BIEN LIRE

L. 191-192 : Quelle est la différence entre « manières » et « manies » ?

M. LEPIC : Je tâcherai de vous rendre la pareille.

PAUL : Chacune de vos réponses, monsieur Lepic, a une saveur particulière, et je me réjouirais d'épouser Mlle Henriette rien que pour avoir un beau-père tel que vous.

200 M. LEPIC : Vous vous faites une singulière idée du mariage !

PAUL : Je plaisante parce que je suis heureux ce soir, et très gai…

M. LEPIC : Non.

PAUL : Si, si.

205 M. LEPIC : Non, pas franchement. Vous êtes déjà troublé, au fond comme l'était il y a un an votre prédécesseur, qu'on n'a jamais revu. Vous me demandez ma fille, et je vous la donne ; mais ça ne vous suffit pas, et ma façon de vous la donner vous inquiète. Il faut que je vous félicite, que je vous applaudisse, 210 que je vous prédise du bonheur, que je vous le garantisse par contrat : vous m'en demandez trop.

PAUL : Monsieur Lepic, regardez-moi ; je suis un brave homme, je vous jure.

M. LEPIC : Je n'en doute pas ; aussi je vous donne ma fille.

215 PAUL : Et une fortune, mais avec froideur. Votre façon de donner, comme vous dites, vaut moins que… enfin, vous ne marchez pas comme je voudrais !

M. LEPIC : Vous voulez que je danse : attendez le bal.

PAUL : Monsieur Lepic ! Il y a quelque chose ?

220 M. LEPIC : Rien. N'allez pas vous imaginer un secret de famille, des histoires de brigands… Vous seriez déçu. Il n'y a rien… rien que les scrupules d'un honnête homme en face d'un

honnête homme que je n'ai pas le droit de pousser avec violence, par les épaules, au mariage : c'est une aventure !

225   PAUL : Oh ! bien commune !

M. LEPIC : Précisément. Pourquoi s'emballer ? Je n'avais
aucune raison pour dire non. Je n'en ai aucune pour dire oui
avec une gaieté folle, pour que ma joie éclate désordonnée à
propos de votre mariage, pour que je vous serre dans mes bras,
230 comme s'il n'y avait que vous au monde, dans votre cas, et
comme si je ne l'étais pas, moi, marié…

PAUL : Il me semble qu'on a frappé…

M. Lepic ne dit pas : « Entrez », Mme Lepic entre toute seule.

SCÈNE V

LES MÊMES, Mme LEPIC.

Mme LEPIC, *visage de curiosité* : Si ces messieurs ont besoin de
se rafraîchir, avant de goûter, il y a tout ce qu'il faut à la cave.
M. Lepic l'a regarnie dernièrement. Il ne pouvait pas le faire
plus à propos. Que désirez-vous, monsieur Paul ? Ce que vous
5 voudrez, sauf du muscat : la bonne a cassé la dernière bouteille
ce matin et les chats n'en ont pas laissé perdre une goutte.

PAUL : Rien, madame, merci, je n'ai pas soif. Mais si M. Lepic…

Mme LEPIC : Vous dînerez avec nous, n'est-ce pas, monsieur
Paul ? Naturellement, un soir comme celui-là ! C'est convenu
10 avec votre tante… Si, si, Henriette en ferait une maladie.

*Mme Lepic fait de vains signes à Paul pour se renseigner, et sort ;
M. Lepic va fermer la porte.*

SCÈNE VI

M. LEPIC, PAUL, *puis* ANNETTE *La bonne et* Mme LEPIC

M. LEPIC *regarde la porte* :... comme si je ne l'étais pas, moi, marié, depuis plus de vingt-cinq ans ! *(M. Lepic va tirer un cordon de sonnette. La bonne paraît.)* Annette, donnez-nous des biscuits et du muscat.

5 LA BONNE : Il n'y a plus de muscat, Monsieur ; Madame m'a fait porter, avant vêpres, la dernière bouteille à M. le curé.

M. LEPIC : Vous servirez de la bière ! Plus tard !

LA BONNE : Bien, Monsieur.

Elle sort.

10 M. LEPIC, *achevant sa phrase* :... depuis plus de vingt-cinq ans, monsieur ce qui me permet de rester calme quand les autres se marient... Il n'y a pas que vous... vingt-cinq ans !... Plus exactement vingt-sept !... Près de dix mille jours !

PAUL : Vous les comptez ?

15 M. LEPIC : Dans mes insomnies... Vous savez déjà qu'on ne se marie pas pour quinze nuits.

PAUL : Oh ! une fois pour toute la vie, je le sais. Et je suis décidé ! Mais quand ça va bien, plus ça dure, plus c'est beau.

M. LEPIC : Et quand ça va mal ?

BIEN LIRE

L. 5-6 : De quel nouveau mensonge le spectateur est-il témoin ?
L. 13-14 : Quel est l'effet provoqué par le décompte en jours de M. Lepic ?

20   PAUL : D'accord ! Il y a cependant de bons ménages.

M. LEPIC : Chez les gens mariés, c'est bien rare !

PAUL : Mais le vôtre, par exemple… Je me contenterais d'un pareil.

M. LEPIC : Vous l'aurez sans doute.

25   PAUL : Il a une bonne réputation.

M. LEPIC : Et méritée, comme toutes les réputations.

PAUL : Mme Lepic ne se plaint pas !

M. LEPIC : Elle a peur de vous effrayer.

PAUL : Vous non plus, que je sache !

30   M. LEPIC : Moi, j'aime le silence.

PAUL : Aux yeux des étrangers, du moins, c'est le ménage modèle ; chacun de vous y tient sa place, on ne peut pas dire que vous ne soyez pas le maître, et, pour me servir d'une expression vulgaire, que ce soit Mme Lepic qui porte la culotte[1] !

35   M. LEPIC : Il y a longtemps que je ne regarde plus ce qu'elle porte !

PAUL : Tout à l'heure elle parlait de vous comme une femme qui aime son mari.

M. LEPIC : Je n'aime pas mentir, et je ne pourrais en parler, moi, que comme un mari qui n'aime plus sa femme.

40   PAUL : Pour quelle cause grave ?… Je suis indiscret ?

M. LEPIC : Du tout ! C'est votre droit.

PAUL : Une si honnête femme !

M. LEPIC : Honnête femme ! Peuh ! L'honnêteté de certaines femmes !… Monsieur, se savoir trompé par une femme qu'on

---

1. Mme Lepic décide et dirige la maison.

45 aime, on dit que c'est douloureux, on le dit ; mais ne pas être
trompé par une femme qu'on n'aime plus, croyez-en ma longue
expérience, ça ne fait pas le moindre plaisir. Je n'imagine pas que
ce serait un si grand malheur ! J'ai mieux que ça chez moi, et je
ne sais aucun gré à Mme Lepic de sa vertu. L'adultère ne l'inté-
50 resse pas, ni chez les voisins, ni pour son compte. Elle a bien
d'autres soucis ! Elle a toujours laissé mon honneur intact, j'en
suis sûr, parce qu'en effet, ça m'est égal, ce qui n'empêche pas que
notre ménage ait toujours été un ménage à trois, grâce à elle !

PAUL : Comment ? Puisque Mme Lepic est une honnête
55 femme ?

M. LEPIC : C'est tout de même, grâce à elle, un ménage à
trois : le mari, la femme et le curé !

PAUL : Le curé !

M. LEPIC : Oui, le curé ! Mais je froisse peut-être vos senti-
60 ments ?

PAUL : Ah ! vous êtes anticlérical[1] ?

M. LEPIC : Non ; je ne sais pas ce que ça veut dire.

PAUL : Franc-maçon[2] ?

M. LEPIC : Non, je ne sais pas ce que c'est.

65 PAUL : Athée[3] ?

M. LEPIC : Non, il m'arrive même de croire en Dieu.

PAUL : Tout le monde croit en Dieu ; ce serait malheureux !

M. LEPIC : Oui, mais ça ne regarde pas les curés.

---

1. Qui n'aime pas les curés et le clergé.
2. Qui appartient à une société secrète : la franc-maçonnerie.
3. Qui ne croit pas en Dieu.

PAUL : Je ne suis pas, moi non plus, l'ami des curés.

70   M. LEPIC : Vous ne dites pas ça pour me faire plaisir ?

PAUL : Non, non, bien que je sois libéral.

M. LEPIC : Singulier mélange ! Je connais cet état d'esprit. Il a été le mien.

PAUL : Je suis libre penseur, monsieur Lepic !

75   M. LEPIC : C'est-à-dire que vous n'y pensez jamais.

PAUL : Je vous assure que, sans être un mangeur de curés, je ne peux pas les digérer, je les ai en horreur. Ils ne m'ont rien fait, mais c'est d'instinct.

M. LEPIC : Vous les avez en horreur et vous ne savez pas
80   encore pourquoi. Vous le saurez peut-être ; moi je le sais, car, depuis vingt-sept ans, monsieur, j'ai un curé dans mon ménage, et j'ai dû, peu à peu, lui céder la place : le curé !… c'est l'amant contre lequel on ne peut rien. Une femme renonce à un amant : jamais à son curé… Si ce n'est pas toujours le même, c'est tou-
85   jours le curé.

PAUL : Mme Lepic me disait que le curé actuel est parfait, qu'il ne s'occupe de rien.

M. LEPIC : Mme Lepic parle comme un grelot et elle dit ça de tous les curés. Ils changent, quittent le pays ou meurent. Mais
90   Mme Lepic reste et ne change pas. Jeune ou vieux, beau ou laid, bête ou non, dès qu'il y a un curé, elle le prend. Elle est à lui ; elle appartient au dernier venu comme un héritage du précé-dent. Le curé l'a tout entière, corps et âme ! Corps, non, je la calomnie. Mme Lepic est, comme vous dites, une honnête
95   femme, bigre ! Incapable d'une erreur des sens, même avec un

curé! Et pourvu qu'elle le voie à l'église, une fois tous les jours de la semaine, deux fois le dimanche, et à la cure[1] le reste du temps!...

PAUL : Malgré vous?

M. LEPIC : J'ai tout fait, excepté un crime : je n'ai pas tué l'amant, le curé!... Au début, j'aimais ma femme. Je l'avais prise belle fille avec des cheveux noirs et des bandeaux ondulés! C'était la mode en ce temps-là, avec des cheveux noirs très beaux! Et une jolie dot! Vous savez, quand on se marie, on ne s'occupe pas beaucoup du reste.

PAUL : On n'y fait pas attention!

M. LEPIC : C'est ça. On aime une jeune fille et on ne se préoccupe pas de ce qu'elle pense… Tant pis pour vous, monsieur! Bientôt on s'aperçoit que tous les mariages d'amour ne deviennent pas des mariages de raison. J'ai dit d'abord : « Tu y tiens à ton curé? Entre lui et moi, tu hésiterais? » Elle m'a répondu : « Comment peux-tu comparer? Toi, un esprit supérieur! » Quand une femme nous dit : « Toi, un esprit supérieur », elle sous-entend : « Tu ne peux pas comprendre ces choses-là! » Et elle choisissait le curé! Je disais ensuite : « Je te prie de ne plus aller chez ce curé. » Elle répondait : « Ta prière est un ordre », et, dès que j'avais l'air de ne plus y songer, elle courait chez le curé! Puis j'ai dit : « Je te défends d'y aller! » Elle y retournait en cachette; ça devenait le rendez-vous. Je n'étais donc rien pour elle? Maladroit, ne savais-je pas la prendre? Oh! je l'ai

---

1. Lieu où vit le curé.

souvent reprise, mais presque aussitôt reperdue. Quand je la croyais avec moi, c'est qu'elle mentait, d'accord avec le curé ! Et je n'ai plus rien dit… je me suis rendu[1] de lassitude, exténué, c'était fini !… Mme Lepic avait porté notre ménage et, comme
125 on se marie pour être heureux, notre bonheur à l'église. Je ne suis pas allé l'y chercher, car je n'y mets jamais les pieds.

PAUL : Et lui… vient-il ici ?

M. LEPIC : Oh ! sans doute ! Quand je voyage, et même quand je suis là, malgré les têtes que je lui fais, et quelles têtes ! quel-
130 quefois il ose ! Et c'est moi qui sors. Je ne peux pourtant pas prendre mon fusil.

PAUL : On vous donnerait tort.

M. LEPIC : Et je ne suis pas si terrible ! Moi, un tyran ! Au fond, je suis plutôt un timide, un faible, une victime de la
135 liberté que je laisse aux autres ; moi, un persécuteur ! Il ne s'agit pas de religion. Ce n'est même pas d'un prêtre que Mme Lepic, cette femme qui est la mienne, a toujours besoin ; c'est d'un curé. S'il lui fallait un directeur de conscience, comme elles disent, est-ce que je n'étais pas là ? Je ne suis pas un imbécile,
140 peut-être ! – Mais non : ce qu'il lui fallait, c'est le curé, cet indi-vidu sinistre et comique qui se mêle sournoisement, sans res-ponsabilité, de tout ce qui ne le regarde pas. Il le lui fallait, pour

---

1. « Je n'en pouvais plus. »

L. 107-126 : Pourquoi le ménage Lepic n'a-t-il pas été un ménage heureux ? Mme Lepic est-elle la seule responsable ?

quoi faire ? Je ne l'ai jamais su. Et lui, qu'est-ce qu'il en fait de
Mme Lepic ? Je ne comprends pas. Et vous ?... Tenez, voilà
145 peut-être ma vengeance, il y a des heures où elle doit bien l'embêter aussi, surtout quand elle lui parle à l'oreille. De quoi
serait-il fier, s'il a quelque noblesse ? La foi de Mme Lepic, quelle
plaisanterie ! Elle prend les choses de plus bas ! J'ai voulu jadis
causer avec elle, discuter. Est-ce qu'on discute des choses graves
150 avec Mme Lepic ? Elle n'a même pas essayé de me convertir ! Elle
veut aller au paradis toute seule, sans moi ! C'est une bigote
égoïste, avare, qui me laissera griller en enfer ! J'aime mieux ça !
Au moins je ne la retrouverai pas dans son paradis ! Ses idées, sa
bonté, son amour du prochain, quelle blague !... la bigoterie,
155 voilà tout son caractère ! Mme Lepic était une belle fille avec des
cheveux noirs et très peu de front. Elle n'est pas devenue
croyante ; elle est devenue ce qu'elle devait être, une grenouille
de bénitier.

> *Mme Lepic ouvre la porte.*

160 Mme LEPIC, *avec un plateau de bière* : Je ne veux pas que la
bonne vous dérange, elle est si indiscrète ! *(Elle pose la bière sur
la table ; aimable.)* C'est long !

PAUL : Ça va très bien, madame, une petite minute !

M. LEPIC : Elle auscultait la porte.

165 PAUL : Pauvre femme !

M. LEPIC : Ah ! c'est elle que vous plaignez ?

PAUL : Non, non. C'est vous, monsieur Lepic, profondé-
ment. *(Des ombres passent devant la fenêtre.)* Mais on s'impa-
tiente !

170   M. LEPIC : Je le vois bien ; qu'ils attendent ! Et moi donc ! Ne m'en a-t-il pas fallu de la patience ? *(Il désigne sa poitrine.)* Ah ! monsieur, si la Grande Chancellerie me connaissait… ! Oh ! il y a le divorce ; ce serait une belle cause ! Mais nous ne savons pas encore nous servir de cette machine-là, dans nos cam-

175   pagnes. D'ailleurs, Mme Lepic est aussi tenace[1] qu'irréprochable. On meurt où elle s'attache. En outre, je ne suis pas sans orgueil. J'aurais honte de me plaindre en public ! Et puis un divorce, pour quoi faire ?

PAUL : Une autre vie. Vous êtes toujours jeune.

180   M. LEPIC : Je suis un jeune homme.

PAUL : À votre âge, on aime encore.

M. LEPIC : J'ai un cœur de vingt ans.

PAUL : À vingt ans, c'est dur de se priver.

M. LEPIC : Je ne me prive pas du tout.

185   PAUL : Comment ?

M. LEPIC : J'ai ce qu'il me faut.

PAUL : Oh ! monsieur Lepic, tromperiez-vous Mme Lepic ?

M. LEPIC : Tant que je peux ! Tiens ! Parbleu ! Cette question ! Aucune compensation ? Vous ne voudriez pas ! Mieux vaudrait

190   la mort. Oh ! dame, ici, j'accepte ce que je trouve, de petites fortunes de village. Ah ! si le curé était marié !

PAUL : Vous lui prendriez sa femme ?

M. LEPIC : Il m'a bien pris la mienne. Oh ! je ne vous conseille pas de m'imiter plus tard. Le bonheur d'un mari dans un

---

1. Qui ne lâche pas prise facilement, persévérante.

ménage ne consiste pas à tromper sa femme le plus possible.
Mais ce n'est pas moi qui ai commencé. Sans le curé, j'eusse été
un époux modèle. Dans une union parfaite, je n'admettrais
aucune hypocrisie, aucun mensonge, aucune excuse, pas plus
pour le mari que pour la femme. À un ménage comme le mien,
je préférerais un couple de saints d'accord dans la même niche,
et il me répugne d'entendre un mari dire : « C'est si beau une
femme à genoux qui prie ! » tandis qu'il en profite, lui, l'homme
supérieur, qui ne prie jamais, pour la tromper à tour de bras ! Je
vous assure, monsieur !

PAUL : Je vous remercie de me parler avec cette confiance.

M. LEPIC : C'est le moins, mon gendre.

PAUL, *lui tendant la main* : Mon beau-père !

M. LEPIC : Monsieur… comme vous entrez dans une famille
qui se trouve être la mienne, je ne regrette pas de vous avoir dit
ces quelques mots d'encouragement. Et puis, ça soulage un
peu ! Je vous dois ce plaisir-là. J'ai votre parole pour ma fille au
moins ! Vous ne vous sauverez pas comme M. Fontaine, à propos d'un curé ?

PAUL : Oh ! c'est pour ça que M. Fontaine… ?

M. LEPIC : Je crois ; quand il a vu clair dans mon intérieur, il
a eu peur pour le sien !

PAUL : Ce devait être un homme quelconque.

M. LEPIC : Il tenait à ses idées.

PAUL : Un sectaire[1] !

---

1. Qui est étroit d'esprit, intolérant.

M. LEPIC : Et il ne connaissait pas le chiffre exact de la dot !

PAUL : Tout le monde tient à ses idées, moi aussi. Mais le temps a changé.

M. LEPIC : Rien ne change.

PAUL : Depuis la séparation…

M. LEPIC : Espèce de radical-socialiste ! Ça va être le reste ! Qu'est-ce qu'elles ne feront pas pour les consoler ? Les voilà plus forts que jamais. Un homme intelligent comme vous, d'une bonne intelligence moyenne, ne pèsera pas lourd auprès d'un curé martyr.

PAUL : Ce sont de pauvres êtres inoffensifs.

M. LEPIC : Bien ! bien ! Votre affaire est bonne.

PAUL : Oh ! permettez, monsieur Lepic ! Certes, votre vie, malgré ces petits dédommagements, est une vie manquée. Mme Lepic exagère. Je ne croyais pas qu'il y eût de pareilles femmes !…

M. LEPIC : Moi non plus… Elles pullulent[1] !… Mais n'y en aurait-il qu'une, c'est moi qui l'ai.

PAUL : Ce n'est pas une maladie contagieuse.

M. LEPIC : Peut-être héréditaire[2].

PAUL : Oh ! non. Et heureusement pour moi, d'après ce que vous dites, ce n'est pas Mme Lepic que j'épouse.

M. LEPIC : Évidemment !

PAUL : C'est Mlle Henriette.

---

1. Qui se multiplient vite et beaucoup.
2. Qui se transmet de génération en génération.

M. LEPIC : C'est elle que je vous ai accordée ! Mais si le cœur
245 vous dit d'emmener la mère avec la fille.

PAUL : Je vous remercie. Je ne voudrais pas manquer de respect à Mme Lepic… mais je peux bien dire qu'elle et sa fille, au
point de vue physique, ne se ressemblent pas beaucoup ! *(Il
s'adresse à un portrait pendu au mur.)* Ce visage clair, ce front
250 net, ce regard droit, ce sourire aux lèvres…

M. LEPIC : Ces cheveux noirs !

PAUL : Oh ! magnifiques !

M. LEPIC : C'est un portrait de Mme Lepic à dix-huit ans que
vous regardez là.

255 PAUL : Non !

M. LEPIC : Voyez la date derrière.

PAUL : 1884 ! D'ailleurs c'est encore frappant.

M. LEPIC : Ça vous frappe ?

PAUL : Curieux !

260 M. LEPIC : Vous pouvez presque, d'après ce portrait, vous
imaginer votre femme, quand elle aura l'âge de la mienne.

PAUL : C'est loin !

M. LEPIC : Ça viendra !

PAUL : Mme Lepic n'est pas encore mal…

265 M. LEPIC : La fraîcheur de l'église la conserve.

PAUL : Bah ! le proverbe qui dit : Tel père, tel fils, ne s'ap-
plique pas aux dames ! Vous la connaissez ?

M. LEPIC : Mme Lepic ?

PAUL : Mlle Henriette.

270 M. LEPIC : C'est juste, vous pensez à vous.

PAUL : C'est mon tour.

M. LEPIC : Vous n'espérez pas que je vais vous parler de la fille comme de la mère ?

PAUL : Oh ! je sais ce que vaut Mlle Henriette.

275   M. LEPIC : C'est ce qu'elle vaudra qui vous préoccupe ? Ayez confiance !

PAUL : Oh ! je ne crains rien.

M. LEPIC : À la bonne heure !

PAUL : Elle est charmante ! J'en ferai ce que je voudrai… mal-
280 gré le curé, n'est-ce pas ? Enfin ! Vous l'avez élevée ?

M. LEPIC : Ah ! non, non ! C'est à Mme Lepic que revient cette responsabilité. Henriette a grandi sous les jupes de sa mère. Après huit années dans un pensionnat qui n'était pas de mon choix, elle a été reprise, à la sortie, par sa mère ; elle ne quitte
285 pas sa mère, et sa mère ne quitte pas le curé !

PAUL : Vous avez souvent causé avec elle, en père ?

M. LEPIC : Moins souvent que le curé et Mme Lepic n'ont chuchoté avec Henriette. Elle m'a échappé, comme sa mère ; vous la garderez mieux !

290   PAUL : Je suis sûr qu'à travers les bavardages du curé vous avez semé le bon grain !

M. LEPIC : Faites la récolte. Déjà elle aime mieux vous épou-ser que de prendre le voile, ce n'est pas mal.

PAUL : Et puis, nous nous aimons !

295   M. LEPIC : Pourvu que ça dure vingt-sept ans… et plus.

PAUL : Oui, je l'aime beaucoup, Mlle Henriette, et je vous la redemande.

M. LEPIC : Je n'ai qu'une parole ; mais je peux vous la donner deux fois. Ma fille est à vous, elle, sa dot et la petite leçon de
300 mon expérience.

PAUL : Je n'ai pas peur.

M. LEPIC : Vous êtes un homme.

PAUL : Un ancien dragon !

M. LEPIC : Ce n'est pas de trop !… Et qui sait ? L'encens a
305 empoisonné ma vie ; la vôtre n'en sera peut-être que parfumée !

PAUL, *la main tendue* : Mon beau-père.

M. LEPIC : Monsieur…

PAUL : Oh ! mon gendre !

310 M. LEPIC : Mon gendre, oui, mon gendre. Excusez-moi. C'est le mot *gendre*. Je m'y habituerai.

SCÈNE VII
LES MÊMES, MADELEINE, FÉLIX.

MADELEINE *cogne à la fenêtre ; Paul ouvre* : Avez-vous fini ? Je voudrais savoir, moi ! Ça y est ?

PAUL : Oui, mademoiselle. Où est Mlle Henriette ?

MADELEINE : Là-bas, au fond du verger !

5 FÉLIX : Avec maman qui dit son chapelet à toute vitesse. *(À Paul :)* Mon cher beau-frère, je savais que ça irait tout seul.

MADELEINE : Oh ! que je suis contente ! C'est bien, ça, monsieur Lepic ! Il faut que je vous embrasse.

Elle enjambe la fenêtre, suivie de Félix.

10   M. LEPIC : Mais il ne s'agit pas encore de toi, demoiselle
d'honneur! *(Il l'embrasse.)* Elle est bien gentille! Par malheur,
elle donne, comme les autres, dans les curés!

MADELEINE : Voilà qu'il recommence, comme ce matin!

M. LEPIC : Ah! toi aussi, tu vas l'embêter, ton mari, avec ton
15 curé!

MADELEINE : Félix, votre papa s'apitoie d'avance sur votre
sort. N'est-ce pas que vous serez heureux de faire toutes mes
volontés quand nous nous marierons?

FÉLIX : Rien ne presse.

20 MADELEINE : Tout son père!

FÉLIX : Alors, je ferai tout comme papa.

PAUL, *à M. Lepic* : Celui-là, au moins!

M. LEPIC : Oh! celui-là ne m'a donné aucun mal et il me
dépasse!

25 FÉLIX : Oh! papa, je ne fais que te suivre! Tu ne vas pas caner?

M. LEPIC, *à Félix* : Triste modèle que ton papa, mon garçon!
Malheur à toi, si tu ne prends pas garde à la fleur poussée à
l'ombre du clocher!

MADELEINE : Oh! Que c'est joli! C'est moi la fleur! Ne dirait-on
30 pas que je ferai une vieille bigote. J'aime M. le curé, comme je vous
aime, vous, faute de mieux; je ne peux pourtant pas vous épouser.

BIEN LIRE

**L. 27-28 : Que veut dire cette métaphore : « si tu ne prends pas garde
à la fleur poussée à l'ombre du clocher » ?**

M. LEPIC : Moi non plus ! Je le regrette. Le curé pourrait, lui. Il est libre.

MADELEINE : La messe, les vêpres, vous savez bien, mon vieil
35 ami, que c'est une distraction, un prétexte pour essayer une toilette. Quand j'ai un chapeau neuf, j'arrive toujours en retard à l'église ; ça fait un effet ! Le curé, monsieur Paul, ça occupe. C'est pour attendre le mari. Dès qu'on a le mari, on lâche le curé.

40 M. LEPIC : On y retourne.

MADELEINE : Ah ! si on devient trop malheureuse ! Nous ne voulons qu'être heureuses, nous, et nous sommes toutes comme ça ; Henriette aussi, que j'oublie, qui se morfond[1] là-bas, sous son pommier… Je cours la chercher.

45 PAUL : Moi aussi.

MADELEINE : Venez, par la fenêtre. Félix, amenez les autres… *(À M. Lepic :)* Elle va vous sauter au cou. *(Importante.)* Oh ! nous avons causé toutes les deux ! Je l'ai sermonnée ! Tenez-vous bien !

50 M. LEPIC : Je me tiendrai.

MADELEINE, *de la fenêtre* : Oui, sérieusement ! Qu'est-ce que vous voulez qu'on fasse ici, dans ce trou, le dimanche ? Ah ! vous êtes cloué !

FÉLIX, *autoritaire* : Avec moi, le dimanche, vous viendrez à la
55 pêche.

MADELEINE : Mais je n'aime pas ça !

---

1. S'ennuie à attendre.

FÉLIX : Qu'est-ce que vous aimez ? La femme doit suivre son mari à la pêche.

MADELEINE : Et quand la pêche sera fermée ?

60 FÉLIX : On se promènera au bord de l'eau.

MADELEINE : Toute la journée ?

FÉLIX : Tout le long de la rivière.

MADELEINE : Et s'il fait mauvais temps ?

FÉLIX : On restera au lit.

65   *Madeleine se sauve.*

FÉLIX, *à Paul dont il serre la main* : C'est votre mariage qui me met en goût, mon cher beau-frère. Je suis très content !… Je vais écrire à Poil de Carotte !

Tous les trois sortent par la fenêtre. Paul enjambe le dernier. La 70 *porte d'en face s'ouvre. Mme Lepic apparaît. On aperçoit Henriette derrière elle.*

SCÈNE VIII

M. LEPIC, Mme LEPIC, HENRIETTE.

Mme LEPIC, *stupéfaite* : Comment ? Il se sauve par la fenêtre, celui-là ! C'est un comble ! Alors, c'est encore non ? *(Figure impassible de M. Lepic.)* Tu refuses encore ? Et nous ne saurons pas encore pourquoi. Enfin, qu'est-ce que tu lui as dit, à cet 5 homme, pour qu'il ne prenne même pas la peine de sortir comme les autres, poliment, par la porte. Tu ne veux pas me répondre ? Viens, Henriette ! Tu peux entrer. C'est fini ! Grâce à ton père, tu ne te marieras jamais ! Voilà, ma fille, voilà ton

père ! Ce n'est pas un homme, c'est un original, un maniaque !
10 Et il rit, c'est un monstre ! Que veux-tu que j'y fasse ? À ta place,
moi, je me passerais de sa permission, mais tu t'obstines à le respecter ! Tu vois ce que ça te rapporte. Et moi qui te conseillais
de faire, quelques jours, des sacrifices sur la question religieuse.
Voilà notre récompense ! Dieu n'est pas long à nous punir.
15 Reste si tu veux ; je n'ai plus rien à faire ici. J'aime mieux m'en
aller et mourir, si la mort veut de moi ! *(Elle sort.)* Seigneur, ne
laisserez-Vous pas tomber enfin sur moi un regard de miséri-
corde !

SCÈNE IX
M. LEPIC, HENRIETTE.

HENRIETTE : Oh ! papa, moi qui t'aime tant, je te supplie à
genoux de me le dire : qu'est-ce que j'ai fait, pourquoi me
traites-tu si durement ? M. Paul et moi, nous nous aimions. Ma
vie est brisée !
5 M. LEPIC, *la relève* : Mais, ma fille, ton fiancé te cherche dans
le jardin.
HENRIETTE : Ah !… Et ma mère qui s'imagine !…
M. LEPIC : Je n'ai rien dit.

BIEN LIRE | Scène VIII : Que pense Mme Lepic en voyant la fuite de Paul ?

HENRIETTE : Oh! papa, que je suis confuse! Je te demande
10 pardon.

SCÈNE X
LES MÊMES, TANTE BACHE, MADELEINE, FÉLIX.

MADELEINE : Nous te cherchions partout!

PAUL : Mademoiselle, vous savez?

HENRIETTE : Je sais.

TANTE BACHE, *étonnée* : Puisque c'est oui, où va donc
5 Mme Lepic, comme une folle! Elle sanglote, elle agite un chapelet au bout de son bras!

HENRIETTE : Elle n'a pas compris, elle croit que papa refuse.
Courez, ma tante!

TANTE BACHE : Comment? Elle croit?…

10 M. LEPIC : Nous nous entendons toujours comme ça.

TANTE BACHE *s'élance* : Je la ramène morte ou vive!

PAUL : Mademoiselle, votre père, qui m'effrayait un peu, a été
charmant! *(À M. Lepic :)* N'est-ce pas?

M. LEPIC : Ça m'étonne! Mais puisque vous le dites! À votre
15 service.

HENRIETTE : Merci, mon Dieu!

MADELEINE : Merci, mon Dieu!… Merci, papa!… Va donc,
puisque ça y est! Saute à son cou! *(À Paul :)* Je la connais mieux
que lui; je l'ai approfondie! Croyez-moi, elle fera une bonne
20 petite femme!

HENRIETTE, *après avoir embrassé son père qui s'est tout de même penché un peu* : Oui, papa, j'espère que je ferai une bonne petite femme.

M. LEPIC : C'est possible !

25   HENRIETTE : Veux-tu que je te dise comment je m'y prendrai ?

M. LEPIC : Dis toujours !

HENRIETTE : Je ferai toujours exactement le contraire de ce que j'ai vu faire ici.

30   M. LEPIC : Excellente idée !

MADELEINE : Bien répondu, Henriette !

HENRIETTE : Oh ! si j'osais…

MADELEINE : Ose donc ! M. Paul est là.

HENRIETTE : Écoute, papa. Écoute-moi, veux-tu ?

35   M. LEPIC, *étonné* : Mais j'écoute.

FÉLIX : Oh ! ma sœur qui se lance ! Elle parle à papa !

MADELEINE, *à Félix* : Chut ! Soyons discrets…

Elle entraîne Félix.

FÉLIX : Je voudrais bien entendre ça, moi !

40   MADELEINE : Allez ! allez !

SCÈNE XI

M. LEPIC, PAUL, HENRIETTE.

HENRIETTE : Je ne suis plus si jeune ! J'ai réfléchi depuis ma sortie de pension, depuis quatre années que je vous observe, maman et toi, j'ai de l'expérience.

M. LEPIC : Oh ! tu connais la vie !

5   HENRIETTE : Je connais la vôtre. Je ne veux pas la revivre pour mon compte. J'en ai assez souffert !

M. LEPIC : À qui la faute ?

HENRIETTE : Je ne veux pas le rechercher ; mais je jure que mon ménage ne ressemblera pas au tien.

10   M. LEPIC : Cela ne dépend pas que des efforts d'un seul.

HENRIETTE : Cela dépend surtout de la femme. Je le sais bien. Je ferai de mon mieux et M. Paul m'aidera. *(Confiante, la main offerte.)* Oh ! pardon.

PAUL : Mademoiselle, votre geste était si gracieux !

15   HENRIETTE, *la main abandonnée* : Je dirai toujours la vérité, quelle qu'elle soit !

M. LEPIC : Bon !

HENRIETTE : S'il m'échappe un mensonge, je ne chercherai pas à me rattraper par un autre mensonge.

20   M. LEPIC : Pas mal !

HENRIETTE : Si je commets une faute de ménagère, vous saurez le premier, et tout de suite, ma sottise. Je ne penserai jamais : ça ne regarde pas les maris !

M. LEPIC : Bien !

25   HENRIETTE : J'attendrai pour bavarder que vous ayez fini de parler. Je ne vous demanderai votre avis que pour le suivre. Je ne chercherai pas à vous être supérieure. *(Signes de tête de M. Lepic.)* Je ne dirai pas à votre enfant : ton père a tort, ou ton père n'a pas besoin de savoir ! J'aurai peut-être des amies, mais

30   vous serez mon seul confident.

M. LEPIC : Avec le curé.

HENRIETTE : Papa, je ne dirai tout qu'à l'homme que j'aime.

M. LEPIC : C'est une déclaration !

HENRIETTE : Oui ! chacun la nôtre. M. Paul m'avait fait, un
35 soir, la sienne. Je viens de lui répondre, et je vous aimerai, monsieur Paul, comme vous m'avez dit que vous m'aimerez.

PAUL : Oh ! mademoiselle !

M. LEPIC : Et je n'irai plus à la messe !

HENRIETTE, *à Paul, hésitante* : Je n'irai plus, si vous l'exigez.

40 PAUL, *ému* : Mademoiselle, j'ai une grande liberté d'esprit !

M. LEPIC : C'est heureux, elle finirait par se marier civilement !

HENRIETTE, *violent effort* : Si ce sacrifice était nécessaire à
notre union…

45 PAUL : Du tout ! mademoiselle, je ne vous demande pas ça !

M. LEPIC : Au contraire !

HENRIETTE : Je l'accomplirais !…

M. LEPIC : Ah ! le beau mensonge !

HENRIETTE : Papa ! j'accomplirais ce sacrifice, tant je crois au
50 danger inévitable des idées qui ne sont pas communes.

M. LEPIC : Des idées religieuses !

HENRIETTE : Surtout des idées religieuses qui ne sont pas par-
tagées.

PAUL : Nous partagerons tout ce que vous voudrez, made-
55 moiselle !

M. LEPIC : Oh ! oh ! elle est effrayante ! Où as-tu pris cette
leçon ?

HENRIETTE : Sur ta figure des dimanches, papa !

PAUL : Elle est exquise, monsieur Lepic !

60   M. LEPIC : Aujourd'hui !

HENRIETTE : J'aurais dû parler plus tôt !… Tu ne m'aurais pas entendue !… Et puis, il fallait l'occasion. C'est la présence d'un fiancé, d'un ami, d'un protecteur, qui me donne de l'énergie. Tu ne sais pas quel homme tu es !

65   M. LEPIC : Je suis si imposant ?

HENRIETTE : Tu ne peux pas savoir ! *(Comique.)* Tu me ferais rentrer dans un trou de souris.

M. LEPIC : Toi aussi ? Comme la tante Bache ! C'est ma spécialité : ça flatte un père !

70   HENRIETTE : Oh ! papa ! Désormais, je serai brave !

M. LEPIC : Alors ? C'est ce que tu as dit qui te fait trembler ?

HENRIETTE : Je me suis énervée.

M. LEPIC : Ah ! dame ! c'était un peu fort ! Malgré le conseil de ta mère, tu n'as pas l'habitude !

75   HENRIETTE : Maman ignore ce qui se passe en moi !

M. LEPIC : Si le curé t'avait entendue !

HENRIETTE : Oh ! je crois qu'il m'aurait comprise, lui !

M. LEPIC, *faux jeu* : Justement ! il vient.

PAUL : Oh ! monsieur Lepic, vous êtes méchant.

80   M. LEPIC. *Il rit* : Cruel !

HENRIETTE : Tu m'as fait peur. *(Avec reproche.)* Oh ! papa, tu me tourmentes !

PAUL : Mademoiselle ! Mon amie !… Oui, il vous tourmente. Tout ça n'est rien. Des mots. Des mots !

85 M. LEPIC : En effet, ce n'est qu'une crise. Ça passera !... Le temps de se marier !

HENRIETTE : Tu ne me crois pas ?

M. LEPIC : Mais si, mais si ! Ta mère m'a rendu un peu défiant !

90 HENRIETTE : Je suis si sincère !

M. LEPIC : Pour le moment, c'est sûr.

HENRIETTE : Pour le moment ?

M. LEPIC : Tu fais effort, comme un pauvre oiseau englué qui s'arrache d'une aile et se laissera bientôt reprendre par toutes ses 95 plumes.

PAUL : L'essentiel est que je vous croie, mademoiselle Henriette, et je vous crois.

M. LEPIC : Mais oui, va ! c'est l'essentiel. Ne te mets pas dans cet état ! Tu te fais du mal ! et tu me fais de la peine. Je n'aime 100 pas voir pleurer la veille d'un mariage. C'est trop tôt. *(Il l'embrasse.)* Calme-toi, ma fille, tu soupires comme une prisonnière !

HENRIETTE : Sans reproche, ce n'est pas gai, ici !

M. LEPIC : Tu vas sortir !

105 HENRIETTE : Oh ! oui, et je veux être heureuse ! Ne penses-tu pas que je serai heureuse ?

BIEN LIRE

L. 93-95 : Comment comprenez-vous la réplique de M. Lepic ? Quel trait de caractère révèle-t-elle ?

M. LEPIC : Nous verrons, essayez ! Mariez-vous d'abord ! *(Regard à Paul.)* Il est gentil… Quant à ton curé… je ne suis pas dupe, tu ne pourras rien. Tu ne sais pas ce que c'est qu'un
110 curé !

SCÈNE XII

LES MÊMES, Mᵐᵉ LEPIC, TANTE BACHE, FÉLIX, MADELEINE.

Mᵐᵉ LEPIC, *annonce, triomphale* : M. le curé ! M. le curé !

M. LEPIC : Naturellement.

Il prend son chapeau pour sortir.

FÉLIX : Ça, c'est de l'aplomb !

5   M. LEPIC, *à Paul* : Votre rival, monsieur !

PAUL : Oh ! monsieur Lepic, restez, moi je reste !

M. LEPIC : Vous ne serez pas de force.

PAUL : Avec votre appui ?

M. LEPIC : Je crois plutôt que je vais vous gêner.

10   Mᵐᵉ LEPIC : J'ai rencontré par hasard M. le curé qui a bien voulu se détourner de sa promenade. Oh ! ma fille ! Oh ! mon gendre !

PAUL : Vous saviez donc ?

Mᵐᵉ LEPIC : Dès que tante Bache m'a détrompée, j'ai couru
15 prévenir M. le curé !… Oh ! je vous l'ai dit, ce n'est pas un curé comme les autres ! Il est parfait ! Il ne s'occupe de rien, pas même de religion. Félix, mon grand, veux-tu le recevoir au bas de l'escalier ? Il sera si flatté !

FÉLIX, *à M. Lepic* : Faut-il le remmener ?

20 M. LEPIC : Laisse ! *(À Henriette.)* Tu as besoin de ce monsieur ?

HENRIETTE, *craintive* : Sa présence même te serait désagréable ?

M. LEPIC : Oui, mais tu es libre !

Mᵐᵉ LEPIC : Qu'est-ce que ça signifie, Henriette ? Fermer la
25 porte à M. le curé quand je l'appelle de ta part !

M. LEPIC : Tu es libre ! Oh ! je ne te donnerai pas ma malédiction ; de moi, ça ne porterait pas !

HENRIETTE : Monsieur Paul, aidez-moi ?

PAUL : Ça n'engage à rien !

30 HENRIETTE : Papa, toi, un esprit supérieur ! Ce ne serait qu'une simple politesse, rien de plus !

M. LEPIC, *déjà exténué* : Qu'il entre donc, comme chez lui !

FÉLIX : D'ailleurs, le voilà !

SCÈNE XIII
LES MÊMES, LE CURÉ.

LE CURÉ, *la main timide* : Monsieur Lepic. *(M. Lepic ne lui touche pas la main.)* Je ne fais qu'entrer et sortir ; monsieur le maire, je viens d'apprendre, par Mᵐᵉ Lepic, la grande nouvelle, et j'ai tenu à venir moi-même vous adresser, au père, et au pre-
5 mier magistrat de la commune, mes compliments respectueux.

M. LEPIC : Vous êtes trop aimable. Ce n'était pas la peine de vous déranger.

LE CURÉ : Je passais. *(À Paul :)* Je vous félicite, monsieur ! Vous épousez une jeune fille ornée de toutes les grâces, parée de

10 toutes les vertus. Comme prêtre et comme ami, j'ai eu avec elle
de longues causeries chrétiennes. Elle est ma fille spirituelle !

HENRIETTE, *s'inclinant, déjà reprise* : Mon père !

FÉLIX : Moi, mon père, c'est papa. Mon pauvre vieux papa !

LE CURÉ : Je vous la confie, monsieur Paul. Vous serez, j'en
15 suis sûr, par votre intelligence et votre libéralisme bien connus,
digne de cette âme qui est d'élite, sous le rapport humain et
sous le rapport divin.

PAUL, *gêné par le regard de M. Lepic* : Je tâcherai, monsieur le
curé !

20 M. LEPIC : C'est déjà fait.

PAUL : Il n'est pas mal !

M. LEPIC : Pas plus mal qu'un autre. Ils sont tous pareils !

Mme LEPIC : Tante Bache, vous n'avez pas envie de pleurer,
vous ?

25 TANTE BACHE : Je m'épanouis ! M. le curé a une voix qui
pénètre et qui remue.

PAUL : C'est comique !

M. LEPIC : Profitez-en !

MADELEINE : À quand la noce ?

30 TANTE BACHE : Le plus tôt possible. Oh ! oui ! Ne les faites
pas languir !

Mme LEPIC, *à M. Lepic* : Mon ami ?

PAUL : Monsieur Lepic ?

FÉLIX : Monsieur le maire ?

35 M. LEPIC : On pourrait fixer votre mariage et celui de ce pauvre
Jacquelou le même jour ! La vieille Honorine serait fière !

FÉLIX : Oh! c'est une chic idée.

MADELEINE : Oh! que ce serait amusant!

Mme LEPIC : Mais nous aurons, nous, un mariage de première
40 classe! Où mettre l'autre?

LE CURÉ : Mon église est bien petite!

M. LEPIC, *détaché, absent* : Que M. le curé fixe donc votre
mariage lui-même.

Mme LEPIC : Oui, le mariage civil, ça ne compte pas.

45 FÉLIX : Pour la femme d'un maire, maman!

Mme LEPIC : Je veux dire que ce n'est qu'une formalité, des
paperasses, enfin je veux dire…

LE CURÉ : Respect à la loi de votre pays, madame Lepic! Pour
ma part, je propose le délai minimum, et, malgré la dureté des
50 temps, je vous ferai cadeau d'un ban.

FÉLIX, *bas à Madeleine* : Ça coûte trois francs!

Mme LEPIC : Il va de soi que la place de M. le curé est à la table
d'honneur des invités.

FÉLIX : Il y sera!

55 LE CURÉ : Mme Lepic me gâte toujours! j'ai dû, ce matin,
interrompre mon jeûne pour ne pas laisser perdre ce merveilleux civet qu'elle a daigné me faire parvenir.

FÉLIX : Ah! oui! Le lièvre de papa qui avait tant réduit en cuisant!

60 Mme LEPIC : M. le curé exagère et Félix manque de tact.
Comme cadeau de retour, M. le maire ferait bien de rétablir la
subvention de la commune à M. le curé… C'est accordé?

M. Lepic la regarde fixement.

LE CURÉ : Oh ! madame Lepic, je vous en supplie, pas de
65 politique ! Je sais que, par M. Lepic, l'argent qui se détourne de
moi va aux pauvres.

FÉLIX : Pas trop longue ! hein ! la messe, monsieur le curé ?

LE CURÉ, *agacé* : Monsieur, s'il vous plaît ?

PAUL : À cause de M. Lepic.

70 M. LEPIC : Parlez pour vous ! Ça ne me gêne pas ! Je n'irai pas !

Mme LEPIC : Ce jour-là, un franc-maçon saurait se tenir ! M. le
curé fera décemment les choses. Il sait son monde, comme
M. Lepic. Il n'a que des délicatesses et il vient de me promettre
une surprise. Après la messe, mon cher Paul, dans la sacristie, il
75 vous récitera une allocution en vers de sa composition.

TANTE BACHE : Oh ! des vers ! On va se délecter. Un mariage
d'artistes !

PAUL : Ah ! monsieur le curé taquine la muse ?

M. LEPIC : Parbleu !

80 LE CURÉ : Oh ! à ses heures !

FÉLIX : Et il a le temps !

LE CURÉ : Humble curé de campagne !…

M. LEPIC : Ne faites pas le modeste ! Il y a en vous l'étoffe
d'un évêque !

85 LE CURÉ : Trop flatteur ! *(Toutes ces dames s'inclinent déjà.)* Mais
vous, monsieur le maire, je vous apprécie comme il convient ! Par
votre sagesse civique, la hauteur de vos idées et la rigidité de votre
caractère, vous étiez digne de faire un excellent prêtre.

Mme LEPIC : Il a raté sa vocation !

90 MADELEINE : Il sait pourtant bien son catéchisme !

M. LEPIC : Un prêtre, peut-être, monsieur, mais pas un curé !

TANTE BACHE : Quelle belle journée ! Comme elle finit bien !

PAUL : Tu n'as plus la frousse, ma tante ? Ça finit par un mariage, comme dans les comédies de théâtre, mon cher beau-
95 père !

M. LEPIC : Oui, monsieur, ça finit… comme dans la vie… ça recommence. *(Au curé :)* Une fois de plus, monsieur, vous n'aviez qu'à paraître.

M. Lepic se couvre et s'éloigne, suivi de Félix.

100 FÉLIX : Toujours comme papa !

Moment pénible, mais Mme Lepic sauve la situation.

SCÈNE XIV

LES MÊMES *MOINS* M. LEPIC *ET* FÉLIX.

Mme LEPIC : M. Lepic va faire son petit tour de jardin. C'est son heure. Il ne se permettrait pas de fumer sa cigarette devant ces dames. Il reviendra. Il revient toujours. *(Elle pousse le fauteuil à M. le curé.)* Monsieur le curé, le fauteuil de M. Lepic !
5 *(M. le curé s'installe ; elle offre une chaise à tante Bache.)* Vous devez être fatiguée ?… Assieds-toi donc, Madeleine !… Annette, servez le goûter !… Mes enfants ! Votre mère est heureuse ! Cher Paul, embrassez notre Henriette, M. le curé vous bénira. Embrassez-la, allez ! Vous ne l'embrasserez jamais
10 autant que M. Lepic m'a embrassée.

RIDEAU

Après-texte

POUR COMPRENDRE

POIL DE CAROTTE

Étape 1   Entre roman et théâtre 158
Étape 2   L'exposition 159
Étape 3   Mme Lepic 162
Étape 4   Deux scènes charnières 163
Étape 5   Père et fils : des relations difficiles 164
Étape 6   Une péripétie 167
Étape 7   Confident pour confident 168
Étape 8   Le dénouement 169

LA BIGOTE

Étape 1   L'exposition 170
Étape 2   L'intrigue 171
Étape 3   Avant la demande 172
Étape 4   La demande en mariage 173
Étape 5   Le dénouement 174

GROUPEMENTS DE TEXTES

I) L'enfance malheureuse 175
II) Poil de Carotte : les origines de la pièce 180

INFORMATION/DOCUMENTATION

Bibliographie, filmographie, lieux, Internet 183

ENTRE ROMAN ET THÉÂTRE

POIL DE CAROTTE

POUR COMPRENDRE

Lire

1 D'après les didascalies (texte en italique), que représente le décor ?

2 Les didascalies donnent des indications de décor mais aussi des indications sur les personnages : lesquelles ?

3 Qu'apprend-on sur les personnages ? En quoi les didascalies sont-elles importantes pour le comédien ?

4 Pourquoi peut-on dire que ces indications scéniques sont proches aussi de l'écriture romanesque ? Distinguez ce qui appartient au théâtre (précision de décors, de costumes, temps utilisés) et ce qui pourrait appartenir à un passage de roman (narration, situation d'énonciation, présentation des personnages).

Écrire

5 Essayez de représenter sous forme de schéma les différents emplacements indiqués dans ces didascalies.

6 Imaginez comment on pourrait jouer l'indication suivante : *Poil de Carotte a toujours peur.* Cette précision est-elle valable pour cette seule scène ? Justifiez votre réponse.

7 Si vous aviez à faire la mise en scène de cette pièce, comment pourriez-vous rendre sur scène l'indication suivante : *La scène se passe à une heure de l'après-midi dans un village de la Nièvre* ?

Chercher

8 À partir des didascalies, recherchez tout ce qu'un accessoiriste devrait trouver pour permettre la mise en scène et le décor de toute la pièce.

9 Relevez dans le texte les différents mots qui indiquent l'espace et permettent de découper la scène du théâtre en différents plans, afin de créer un effet de perspective.

10 Les indications scéniques opposent deux espaces : la maison et la campagne ; la cour est un lieu intermédiaire. Comment peut-on rendre cette opposition par le décor (couleurs, éclairages, effets de perspective) ?

11 Cherchez toutes les indications qui permettent déjà de construire les personnages de M. et Mme Lepic.

À SAVOIR

LES DIDASCALIES

Ce sont les indications scéniques écrites par l'auteur qui donnent au comédien des clés pour interpréter son personnage, des indications d'attitudes, de déplacements, de gestes, d'intonations, ou encore des précisions psychologiques. Elles sont écrites au présent, peuvent être extrêmement précises comme dans ce texte ou au contraire très brèves et laissant une grande liberté aux interprètes.

Lire

1 Qu'apprend-on des activités des deux frères pendant leurs vacances ? Vous semblent-elles équitables ?

2 Poil de Carotte est-il content de désherber ? Par quel jeu de scène est-ce rendu ?

3 Pourquoi M. Lepic s'attarde-t-il à regarder Poil de Carotte ?

4 Qu'est-ce qui pourrait empêcher Poil de Carotte de partir avec son père ? Comment peut-on le deviner ?

5 Quel est le rôle des points de suspension dans la réplique « Ce n'est pas la pluie que je crains… » ? Pourquoi n'est-ce pas plus précis ?

6 Quelles informations importantes nous donnent ces deux premières scènes ?

Écrire

7 Imaginez la page de journal intime que Poil de Carotte pourrait écrire le soir en se remémorant cette scène. Vous essaierez de souligner à la fois la révolte qu'il peut éprouver, ses espoirs et sa résignation.

8 Tracez un portrait rapide de M. Lepic.

Chercher

9 Recherchez, à l'aide des didascalies, les moments de silence sur la scène. En quoi sont-ils importants ? Par quoi pourraient-ils être remplacés dans un roman ?

10 Recherchez les répliques qui dévoilent les rapports entre Poil de Carotte et sa mère ? Que suggèrent-elles ?

11 Recherchez les différentes indications que nous donnent les deux scènes quant à l'éclairage et au bruitage. Quelles sensations et quelles impressions doivent-elles rendre ?

À SAVOIR

LE TEXTE THÉÂTRAL

Le texte théâtral est construit en une succession de scènes, elles-mêmes organisées en actes. L'action se déroule en trois grandes phases : l'exposition, le déroulement de l'intrigue, puis le dénouement. C'est essentiellement à travers le dialogue que l'on voit l'action progresser. Chaque personnage intervient par des « répliques », quand l'intervention est brève, ou par une « tirade », si l'intervention est plus longue. Parfois, un personnage peut être seul sur la scène et se parler à lui-même dans un « monologue ».

L'EXPOSITION (2)

POIL DE CAROTTE

Lire

1 En quoi la première didascalie marque-t-elle bien la continuité avec la scène précédente ? D'après vous, le spectateur sent-il la rupture entre les deux scènes ?

2 Qu'attend Poil de Carotte ? Le spectateur le sait-il ? Comment peut-il le comprendre ?

3 Durant toute la scène, Annette va d'étonnement en étonnement : pourquoi ? Comment est-ce indiqué ?

4 Quelle différence d'appréciation suggère l'expression «blond ardent» et «rouges» ? Que peut-on en déduire des rapports de Mme Lepic avec son fils ?

5 Comment expliquez-vous la remarque de Poil de Carotte « Elle a de bons yeux » ? Que révèle-t-elle du caractère de Mme Lepic ?

6 Tout au long de la scène, Poil de Carotte justifie ce qui peut paraître surprenant dans son existence aux yeux d'Annette. Pourquoi et comment ? Qui veut-il ménager ?

Écrire

7 Dans cette scène, Poil de Carotte donne son emploi du temps d'une journée de vacances. Racontez une de ces journées.

8 À partir des indications données dans cette scène, faites le portrait physique et moral de Poil de Carotte.

Chercher

9 Recherchez dans le texte les différents moyens qui permettent d'indiquer la complicité naissante de Poil de Carotte et d'Annette.

10 Relevez les différentes tâches inattendues que Poil de Carotte doit remplir.

11 Recherchez comment l'isolement de Poil de Carotte au sein même de sa famille est souligné.

12 À partir de cette scène, essayez de retrouver les tâches et les fonctions des domestiques au début du siècle.

13 Recherchez l'étymologie du mot *besogne* et donner des mots de la même famille.

À SAVOIR

L'ORGANISATION DU DISCOURS DRAMATIQUE

L'exposition : dès l'ouverture du rideau, il faut que les spectateurs puissent comprendre très vite la situation de départ et repérer rapidement l'identité de chaque personnage. La fonction des premières scènes est de présenter les personnages afin que le spectateur comprenne qui est qui et quel rapport chacun a avec l'autre, et d'exposer la situation de départ.

L'EXPOSITION (3)

POIL DE CAROTTE

PAGES 11 À 16
SCÈNE III, L. 188 À 342
SCÈNE IV, L. 1 À 102

161

POUR COMPRENDRE

Lire

1 Quelles sont les caractéristiques de M. Lepic ? Paraissent-elles cohérentes avec ce que l'on apprend dans la scène 1 ? Justifiez votre réponse.

2 D'après cette scène, à qui va la sympathie du spectateur ? Pourquoi ?

3 En quoi les silences de M. Lepic sont-ils une défaite ? À quelle caractéristique de Mme Lepic correspondent-ils ?

4 Comment Poil de Carotte marque-t-il sa distance avec Annette ?

5 Poil de Carotte trace son portrait d'après sa mère : quels sont les procédés (mots, expressions, constructions de phrases) qui donnent le ton humoristique ?

6 D'après la dernière didascalie de la scène, que peut-on savoir de Mme Lepic ? Est-il possible que le spectateur l'aie vue auparavant ?

7 D'après cette scène, Poil de Carotte est-il heureux ou malheureux dans sa famille ? Justifiez votre réponse.

8 D'après vous, quel rôle dramatique tient le personnage d'Annette ? Que permet-elle au dramaturge de faire apparaître au spectateur ? En quoi est-elle essentielle à la construction de la pièce ?

Écrire

9 Imaginez comment on pourrait jouer la tirade de Poil de Carotte décrivant son père afin de lui donner plus de réalité physique.

10 Annette écrit à ses parents et trace le portrait de la famille Lepic.

11 Poil de Carotte va fermer les poules. Racontez en insistant sur les sentiments contradictoires éprouvés par le personnage : peur et fierté.

Chercher

12 Relevez les jeux de scène qui confirment la tyrannie de Mme Lepic à l'égard de son fils. Pourquoi donnent-ils plus de force au portrait que Poil de Carotte trace de sa mère ?

À SAVOIR

LE PORTRAIT

Le portrait permet de présenter, caractériser et faire exister un personnage par des procédés lexicaux (G. N., champs lexicaux), grammaticaux (expansions du nom), ou par des anecdotes révélatrices. Au théâtre, la réaction des autres personnages permet aussi de mieux caractériser le personnage. Enfin, jeux de scène, bruitages et costumes complètent la parole.

Lire

1 À quel moment Mme Lepic apparaît-elle vraiment aux yeux du spectateur ? Les autres personnages ont-ils conscience de sa présence ?

2 Quel trait de caractère est souligné par ce jeu de scène ? Cela rend-il le personnage sympathique au spectateur ? Pourquoi ?

3 Comparez le costume de Mme Lepic avec celui de son mari et celui d'Anna. Que révèle-t-il du personnage ?

4 Où se situe le nœud de l'action ? À quel moment la scène tourne-t-elle au drame ?

5 Mme Lepic est-elle gênée par la présence d'Annette ? Pourquoi ? Relevez les réflexions qui confirment votre réponse.

Écrire

6 Mme Lepic veut convaincre Annette du bien-fondé de son comportement : imaginez son discours en vous aidant des indications données dans la scène.

7 À trois, essayez de mettre en scène l'arrivée de Mme Lepic en respectant soigneusement les didascalies.

Chercher

8 Recherchez, à l'aide de la description du costume, les indices qui aideront à bâtir le personnage de Mme Lepic (le style de robe, la couleur etc.) : que peuvent-ils symboliser ?

DEUX SCÈNES CHARNIÈRES

POIL DE CAROTTE

Lire

1 Comment la continuité de l'action est-elle marquée au début de la scène V ?

2 En quoi Annette est-elle le révélateur d'une situation anormale ?

3 Quelles sont les bizarreries de caractère de Poil de Carotte ? Sont-elles les mêmes pour chacun des parents ? Poil de Carotte en est-il vraiment responsable ?

4 À quoi voit-on qu'Annette se fait l'alliée de Poil de Carotte ? A-t-elle bien compris la situation ? Justifiez votre réponse.

5 Comment expliquez-vous les réticences de Poil de Carotte à suivre les conseils d'Annette ?

6 Pourquoi peut-on dire que Poil de Carotte cristallise toutes les rancœurs et tous les malentendus du couple Lepic ? Par quel jeu de scène est-ce rendu ?

7 Où se situe le coup de théâtre ?

8 La révélation d'Annette porte-t-elle ses fruits ? Qu'est-ce qui, dans l'attitude de M. Lepic, le confirme ?

9 Quels sont les trois moments qui vont surprendre M. Lepic dans ces deux scènes et l'aider à mieux comprendre son fils ?

10 Mme Lepic a-t-elle compris qu'Annette a choisi son fils ? À quoi peut-on le deviner ?

11 Pourquoi le jeu des regards est-il important ?

12 Qu'est-ce qu'apporte à la mise en scène le jeu avec les ouvertures (porte ou fenêtre d'où parle Mme Lepic) ? Que peuvent-elles symboliser ?

Écrire

13 Annette prend le temps d'expliquer à Poil de Carotte qu'il doit dire la vérité à son père. Imaginez son discours.

14 En quoi le père et la mère sont-ils tous deux responsables de la situation dans laquelle vit Poil de Carotte ? Faites un bilan de leurs torts respectifs.

Chercher

15 Relevez, dans les deux scènes, les signes de la crainte constante dans laquelle vit Poil de Carotte.

16 Le mot « feu » est utilisé à deux reprises dans des sens différents. Expliquez-les et recherchez d'autres sens que peut prendre ce mot ou d'autres expressions le concernant.

À SAVOIR

LE COUP DE THÉÂTRE

L'action pour solliciter l'intérêt du spectateur a besoin de rebondissements. Le « coup de théâtre » est un retournement brutal de situation qui fait progresser rapidement l'action.

POUR COMPRENDRE

PÈRE ET FILS : DES RELATIONS DIFFICILES (1)

POIL DE CAROTTE

Lire

1 Quel mot marque, dans la première partie de la scène, l'omniprésence de Mme Lepic ?

2 Qu'est-ce qui montre, dans cette première partie de la scène, que M. Lepic est dérouté par les réponses de Poil de Carotte ?

3 Comment comprend-on que les brimades que subit Poil de Carotte sont quotidiennes ?

4 À quoi voit-on que la situation de Poil de Carotte atteint un seuil insupportable ? Quelle didascalie permet de souligner sa détermination ? Pourquoi ?

5 Quelles sont les différentes propositions faites par Poil de Carotte pour ne plus rentrer chez lui aux vacances ? Cela vous paraît-il normal ?

6 Comment et pourquoi M. Lepic rejette les propositions de son fils ? Est-ce seulement par attachement pour lui ?

7 Quels sentiments M. Lepic ressent-il à l'égard de son fils ?

8 Quel est le rythme du dialogue : vif, lent ? Comment est-il rendu ?

9 En quoi la réplique « Redresse donc tes bourraquins, ils te tombent toujours dans les yeux » rappelle l'attitude de M. Lepic qui évite constamment le regard de sa femme ? Que révèle-t-elle des sentiments qu'il éprouve à l'égard de son fils ?

Écrire

10 Imaginez une journée de vacances de Poil de Carotte resté au collège.

11 M. Lepic va rendre visite à son fils resté au collège : racontez leur conversation au parloir.

Chercher

12 Documentez-vous sur la vie en pension au siècle dernier. Quels étaient les rythmes scolaires, l'emploi du temps des élèves, la répartition des vacances ? Comparez avec notre époque.

À SAVOIR — LES GENRES DRAMATIQUES

Les textes de théâtre se classent en diverses catégories, selon leur contenu. On distingue trois grands genres : le drame, la tragédie et la comédie. Le « drame » est un genre dont l'action tragique ou pathétique s'accompagne d'éléments familiers ou comiques. La « tragédie » met en scène des personnages nobles au destin exceptionnel qui luttent sans espoir, confrontés à une action tragique. La « comédie » a pour but de divertir, d'amuser, en montrant les défauts ou les ridicules des caractères ou des mœurs d'une société dans des situations le plus souvent amusantes.

PÈRE ET FILS : DES RELATIONS DIFFICILES (2)

POIL DE CAROTTE

PAGES 41 À 43
SCÈNE VII, L. 78 À 140

165

POUR COMPRENDRE

Lire

1 Quelles différences peut-on trouver entre le récit de la première tentative de suicide de Poil de Carotte et le récit de la seconde ?

2 Comment l'auteur parvient-il à maintenir la tension dramatique dans le second récit ?

3 En quoi le premier récit est-il comique ?

4 Qu'est-ce qui donne à la réplique de Poil de Carotte : « Il y a des enfants si malheureux qu'ils se tuent ! » toute son intensité dramatique ?

5 Comment M. Lepic tente-t-il de minimiser le geste de Poil de Carotte ? Est-il vraiment sincère ?

6 M. Lepic est-il ému lors du second récit ? Pourquoi ?

7 En quoi les détails descriptifs renforcent-ils l'émotion ?

8 Pourquoi peut-on parler ici de théâtre dans le théâtre ? Qui est le nouveau spectateur ?

Écrire

9 Essayez de jouer ce passage en soulignant par votre jeu les différences de ton.

10 Imaginez par quels moyens scénographiques (éclairages, bruitages, éléments de décor) on pourrait symboliser à la fois l'atmosphère de drame et le retour dans le passé de Poil de Carotte.

Chercher

11 Distinguez les éléments qui relèvent de la bouffonnerie et du grotesque et les éléments vraiment tragiques.

12 Recherchez l'étymologie du mot *fenil* et donnez d'autres mots de la même famille.

À SAVOIR

LE LANGAGE TRAGIQUE ET LE LANGAGE COMIQUE

Chacun de ces genres dramatiques utilise un type de langage propre. La tragédie, qui se déroule dans un univers noble, utilise un niveau de langue recherché et un vocabulaire pris dans un univers idéalisé, exprimant la grandeur d'âme, la souffrance et le courage. Le langage tragique s'exprime aussi à travers le décor à la fois noble et sérieux, les costumes en accord avec ce contexte et sans référence précise avec une réalité prosaïque. Au contraire, la comédie se place sur un registre plus modeste et plus réaliste, et le vocabulaire utilisé est un langage quotidien, voire familier. Le décor présente les mêmes repères traçant un univers reconnaissable par tout un chacun. Enfin, les costumes eux aussi sont semblables à ceux que chacun peut porter suivant les époques.

POIL DE CAROTTE

Lire

1 Quelle est la nouvelle découverte de Poil de Carotte ? En quoi est-elle très importante pour lui ?

2 D'après vous, M. Lepic mérite-t-il une telle admiration de la part de Poil de Carotte ? Pourquoi ?

3 Pourquoi M. Lepic ferme-t-il les volets de dos ? Qu'est-ce que cela révèle de sa part ?

4 En quoi le jeu de scène des volets est-il comique ?

5 À quel moment, d'après vous, Mme Lepic entrouvre-t-elle la porte ? Est-ce la première fois dans la pièce qu'elle agit ainsi ? Que cherche-t-elle à savoir ?

6 Comment la fascination terrifiante de Mme Lepic sur Poil de Carotte est-elle suggérée ?

7 Comment M. Lepic marque-t-il ses distances vis-à-vis de Poil de Carotte ?

8 Pourquoi l'humour renforce-t-il le côté dramatique de la situation de Poil de Carotte ?

9 Comment la présence de Mme Lepic se fait-elle de plus en plus sentir ?

Écrire

10 Imaginez les différents jeux de scène qui donneront, à la fin de cette scène, plus de vivacité.

11 Quelle sera l'attitude de Poil de Carotte et de M. Lepic pendant la dernière didascalie de la scène ? Imaginez des jeux de scène qui renforceront l'aspect dramatique du passage, puis au contraire essayez par le jeu d'en souligner le côté comique.

Chercher

12 Qui est Félix ? Recherchez, dans toute la pièce, ses caractéristiques.

13 Relevez, dans le passage, les mots et expressions qui évoquent la peur et classez-les du moins fort au plus fort.

14 Relevez, dans le passage, des marques d'humour. Comment est-il amené ? Quel est son rôle ?

À SAVOIR

LES JEUX DE SCÈNE

Ce sont les différentes actions des comédiens sur scène. Ils peuvent être indiqués très précisément par les didascalies, simplement suggérés par le texte ou créés de toutes pièces par le comédien ou le metteur en scène afin de donner au texte toute sa dimension physique. Un déplacement, un silence, un jeu de regard(s) sont autant de moyens qui peuvent donner au dialogue une présence concrète plus forte.

Lire

1 En quoi cette scène est-elle importante par rapport à la tension dramatique ? Qu'apporte-t-elle au spectateur ?

2 Comment l'hypocrisie et la mauvaise foi de Mme Lepic sont-elles rendues dans cette scène ?

3 Comment M. Lepic décrit-il la crise ? Comment fonctionnent ces associations de contraires ? Quelle impression en découle ?

4 Pourquoi M. Lepic est-il si calme ?

5 Comment l'espace hors scène est-il suggéré ? Qu'est-ce que cela apporte à la pièce ?

6 Quel est le personnage qui joue le plus souvent hors scène ? Pourquoi ?

7 En quoi le langage de Mme Lepic est-il excessif ? À quelles paroles de M. Lepic s'oppose-t-il ?

8 Le langage de Mme Lepic relève de la tragédie, celui de M. Lepic de la comédie : pourquoi ?

9 La situation de Mme Lepic est-elle réellement tragique, celle de son mari est-elle comique ? Montrez comment ces contrastes font mieux ressortir les conditions de chacun.

Écrire

10 Imaginez le compte rendu que pourra faire Annette à son retour en optant soit pour la sincérité de Mme Lepic, soit au contraire sur sa dissimulation.

11 Annette veut convaincre M. Lepic que cette crise est inquiétante : écrivez, sous forme de dialogue de théâtre, son discours et opposez-lui les réflexions que pourrait faire M. Lepic pour lui montrer qu'elle fait fausse route.

12 Essayez de jouer cette scène en vous efforçant de bien marquer l'opposition des attitudes des personnages (jeux de regards, déplacements, etc.).

Chercher

13 Recherchez le sens du mot *parodie* et relevez les mots, expressions, attitudes, situations qui parodient la tragédie.

À SAVOIR

PÉRIPÉTIES ET REBONDISSEMENT

Les « péripéties » sont les différents événements qui amènent des changements dans la situation dramatique ou en relançant l'intérêt.

Le « rebondissement » est un événement qui, oublié un moment, entraîne des conséquences inattendues qui peuvent relancer l'action et parfois la faire changer de direction.

CONFIDENT POUR CONFIDENT

POIL DE CAROTTE

Lire

1 En quoi l'ensemble de cette scène est-il nettement différent des autres ?

2 Quel est le personnage central de cette scène ?

3 Quelle évolution peut-on remarquer au cours de cet échange ?

4 D'après vous, cette conversation à cœur ouvert va-t-elle résoudre les difficultés de Poil de Carotte ? Justifiez votre réponse.

5 Comment M. Lepic, tout en reconnaissant ses erreurs et ses responsabilités, parvient-il toujours à les minimiser et à culpabiliser son fils ? Relevez des exemples de cette attitude.

6 Comment se termine cette scène ? Peut-on parler d'un revirement de situation ?

7 Que pensez-vous de l'accusation de M. Lepic ? Vous paraît-elle justifiée ?

8 Par quels moyens le caractère mélodramatique de cette scène est-il atténué ?

Écrire

9 Quels problèmes de mise en scène risque de poser cette scène ? Pourquoi ? Faites quelques propositions pour les résoudre ?

10 Imaginez, en vous aidant de ce que vous avez lu, comment Poil de Carotte pourrait justifier l'attitude renfermée et sauvage que lui reproche son père.

Chercher

11 En vous aidant du texte recherchez comment on élevait les jeunes enfants au début du siècle.

LE THÉÂTRE CLASSIQUE : LA RÈGLE DES « TROIS UNITÉS » ET LE RÔLE DU CONFIDENT

À partir du XVIIe siècle, les pièces classiques doivent respecter trois contraintes précises : celles de « l'unité de temps, l'unité de lieu et l'unité d'action ». Une seule action doit se dérouler en vingt-quatre heures, afin de conserver une certaine vraisemblance entre le temps de la représentation et la durée de l'action, et dans un seul et même lieu – le plus souvent un lieu de passage où chacun peut se trouver. De plus, la pièce classique, afin d'éviter de montrer ce qui n'est pas visible sur scène (la mort d'un personnage, une scène de violence...), utilise le confident – personnage qui a la confiance du héros et lui permet de raconter ses propres pensées, informant en même temps le spectateur.

POUR COMPRENDRE

Lire

1 Quel est le rôle d'Annette dans la scène 10 ? Est-il cohérent avec la scène 3 ? Pourquoi ?

2 Où est partie Mme Lepic ? Pourquoi ?

3 À quel jeu de scène correspond la remarque d'Annette : « Oh ! si, Monsieur... » ?

4 En quoi la scène 10 consomme-t-elle la rupture de Poil de Carotte avec sa mère ?

5 Comment expliquez-vous le silence de Mme Lepic ? Qu'espère-t-elle de Poil de Carotte ? Pourquoi ?

6 Pourquoi M. Lepic ne répond pas ?

7 D'après vous, ce dénouement est-il heureux ou malheureux ? Expliquez votre réponse.

8 L'éclairage de la scène à la fin de la pièce est-il semblable à celui de la première scène ? Pourquoi ?

9 En quoi la dernière réplique de la pièce révèle une véritable évolution chez Poil de Carotte ? Peut-on en dire autant des autres personnages ?

Écrire

10 Imaginez la scène où Poil de Carotte et sa mère se retrouvent, rédigez-la, puis jouez-la en conservant la logique dramaturgique de la pièce, les jeux de regard, et l'utilisation de l'espace hors scène.

11 Imaginez les différents types de lumières qu'on pourrait utiliser à la fin de la pièce : que pourraient-ils symboliser (rédigez un petit tableau) ?

Chercher

12 Recherchez en quoi on peut dire que cette pièce répond à la règle des trois unités.

13 Combien de temps s'est écoulé entre la première et la dernière scène ? Quels moyens avez-vous pour l'évaluer approximativement ?

À SAVOIR

LE DÉNOUEMENT

C'est la façon dont va se dénouer, c'est-à-dire se résoudre, l'intrigue. Il est amené progressivement par les diverses péripéties et actions. Le « dénouement » sera heureux dans une comédie, malheureux ou catastrophique dans une tragédie ; dans le drame, il peut être tantôt l'un, tantôt l'autre. Certaines pièces de théâtre peuvent aussi se terminer par un suspens ; c'est le metteur en scène qui pourra alors décider s'il veut rendre l'intention clairement ou laisser planer un doute quant au devenir des personnages.

170

L'EXPOSITION

La Bigote

PAGES 65 À 83
ACTES I, SCÈNES I ET II

POUR COMPRENDRE

Lire

1 Quelle atmosphère se dégage de la première didascalie de la scène ?

2 Où se passe la pièce ? A-t-elle des points communs avec *Poil de Carotte* ? Lesquels ?

3 Si vous deviez jouer cette première scène, combien de temps consacreriez-vous à la première didascalie ? Expliquez votre choix.

4 Comment comprenez-vous la réplique de Félix « parce que je ne suis pas enrhumé » ? Quel trait de caractère se dégage dès ces premières phrases ?

5 Pourquoi Mᵐᵉ Lepic insiste-t-elle pour que Félix l'accompagne à l'église ? Que peut-on en déduire de sa conviction religieuse ?

6 Que révèle l'anecdote de la croix du conseiller général ?

7 Que veut dire la dernière didascalie de la scène 1 ? Quelle autre particularité de Mᵐᵉ Lepic révèle-t-elle ?

8 Citez deux exemples qui montrent à la fois le manque de générosité de Mᵐᵉ Lepic et son hypocrisie. Quel aspect de la personnalité de M. Lepic peut-on lui opposer ?

9 Où se trouve, dès ces premières scènes, la critique des curés ? Est-ce dans des paroles ou par des actes ?

10 Comment expliquez-vous les silences de M. Lepic ? Que pense-t-il des réponses de sa femme ?

11 En quoi peut-on parler d'une critique anticléricale (contre les curés), quand M. Lepic précise que la subvention refusée au curé permet d'aider Honorine ?

12 Quelle a été la vie d'Honorine ? D'après vous, qui est le plus charitable et le plus compatissant : M. ou Mᵐᵉ Lepic ? Justifiez votre réponse.

13 Quels défauts M. Lepic déteste-t-il le plus ? En quoi peut-on dire qu'Honorine commet un impair ? Qu'est-ce qui le montre dans les didascalies ?

Écrire

14 Racontez le mariage de Jacques en vous aidant des indications du textes.

15 Honorine raconte sa vie à ses petits enfants. Faites en le récit.

Chercher

16 Recherchez deux raisons qui justifient la venue d'Honorine.

17 Qu'est-ce qu'un ange dans la religion catholique ? Recherchez le rôle du baptême et ses conséquences.

18 Recherchez à quoi correspondent la brioche et le pain bénit offerts à l'église. Pourquoi Honorine veut-elle absolument parler de brioche ?

19 Rechercher le mot anticléricalisme. Comment est-il formé ? Quel est son contraire ? Cherchez d'autres mots construits de la même façon.

L'INTRIGUE

LA BIGOTE

Lire

1 Autour de quel événement va à présent se dérouler l'action ? Était-il attendu ?

2 Quel est le désir essentiel de Mᵐᵉ Lepic ? Qu'est-ce qui montre son indifférence à l'égard du prétendant ? Henriette est-elle de son avis ? Que peut-on deviner de M. Lepic à ce propos ?

3 Qu'est-ce qui, à la fin de la scène 3, va entraîner chez Henriette une telle détermination ? Pourquoi est-elle si résolue à se marier ?

4 Qu'apprend-on des relations d'Henriette et de son père ?

5 À quoi sert le personnage de Madeleine ? À quel personnage de *Poil de Carotte* pourrait-on la comparer ? Pourquoi ?

6 Quel est le ton de la scène 6 ? Montrez que le rythme des répliques est important.

7 Quels reproches M. Lepic fait-il aux curés ? En quoi peuvent-ils aussi s'appliquer à sa femme ?

8 En quoi la tirade de Mᵐᵉ Lepic, dans la scène 7, peut se rapprocher du monologue ? Que révèle-t-elle du personnage ? Le rend-elle sympathique ?

Écrire

9 Faites le portrait rapide de Madeleine.

10 Essayez de jouer la scène 7 en lui donnant d'abord une interprétation comique, puis dramatique.

Chercher

11 Comment éduquait-on les jeunes filles au siècle dernier ?

12 Recherchez comment on mariait les jeunes filles autrefois.

13 Relevez des passages qui, par les jeux de scène, les discours, les accessoires, permettent de créer une charge comique contre la bigoterie.

À SAVOIR

LA DIVISION EN ACTES ET EN SCÈNES

Les textes de théâtre sont organisés en « actes » et en « scènes ». Un changement d'acte correspond le plus souvent à un changement de décor ; mais dans la dramaturgie classique où un seul décor était autorisé, le changement d'acte correspond à un changement important dans l'action. De plus, il était nécessaire car l'éclairage se faisait par des chandelles qu'il fallait changer régulièrement entre les actes. Parfois, on parle aussi de « tableau », qui indique que le regroupement de ces scènes est lié au décor plus qu'à l'action elle-même. Le changement de scène est dû le plus généralement à l'entrée ou la sortie d'un personnage.

AVANT LA DEMANDE

LA BIGOTE

POUR COMPRENDRE

Lire

1 Quel changement sur scène va-t-il falloir faire pour marquer l'écoulement du temps ?

2 Qui sont les nouveaux personnages ?

3 Mme Lepic est prise en flagrant délit de mensonge : qui peut le savoir ? Pourquoi ? Citez le texte pour justifier votre réponse.

4 Quels sentiments la tante Bache éprouve-t-elle pour M. Lepic ? Quelle explication peut-on donner ?

5 Pourquoi Mme Lepic est-elle aussi inquiète ? Que craint-elle ?

6 Quels sont les différentes sources de comique dans ces scènes ? Relevez un exemple de chaque après les avoir identifiées.

7 Quelle est la fonction de Félix dans tout ce passage ? Que révèle-t-il chez les autres personnages ?

8 Avec qui M. Lepic revient-il ?

9 Pourquoi Mme Lepic désire-t-elle souhaiter sa fête à M. Lepic ? Est-ce une bonne idée ?

10 À quel genre dramatique le personnage de tante Bache appartient-il ? Justifiez votre réponse en relevant des passages du texte.

Écrire

11 M. Lepic ne revient pas : imaginez comment Mme Lepic peut justifier cet oubli.

Chercher

12 Essayez de représenter par un croquis l'apparence physique de tante Bache et de Paul Roland. Quelles caractéristiques de chaque personnage devrez-vous souligner ?

À SAVOIR

LES DIFFÉRENTES SOURCES DE COMIQUE

Dans la comédie, le comique peut naître de plusieurs manières. On distingue : le comique de situation, le comique de gestes, le comique de caractère, le comique de mots. Le « comique de situation » vient de la situation même du personnage à un moment donné de la pièce et qui fait rire, le « comique de gestes » est provoqué par des grimaces ou pantomimes d'un ou plusieurs personnage(s), le « comique de caractère » est lié à un personnage drôle par lui-même, le « comique de mots » sera créé par des jeux de mots, des plaisanteries, des calembours.

LA DEMANDE EN MARIAGE

LA BIGOTE

POUR COMPRENDRE

Lire

1 Quels sont les différents objets de la conversation entre M. Lepic et Paul ? Relevez-les.

2 Montrez que les attitudes des deux personnages s'opposent dans la première partie de la scène 4.

3 Quel est le montant de la dot d'Henriette ? Que découvre-t-on quant aux échanges que peuvent se faire les Lepic sur leurs biens et leurs enfants ?

4 Pourquoi le comportement de M. Lepic déroute-t-il Paul ? Qu'apprend-on sur le premier prétendant ?

5 Quel est l'intérêt de la scène 5 du point de vue dramatique et psychologique ?

6 Quelle est, d'après vous, l'explication du peu d'enthousiasme de M. Lepic pour le mariage en général et celui de sa fille en particulier ?

7 Pensez-vous que Paul soit convaincu par M. Lepic ? Justifiez votre réponse.

8 Comment comprenez-vous la différence entre *prêtre* et *curé* ? Qu'est-ce qu'un « directeur de conscience » ?

9 En quoi consiste la dévotion de Mme Lepic ? Pourquoi est-elle insupportable à son mari ?

10 Qu'est-ce qui montre le pessimisme de M. Lepic face au mariage de sa fille ? Qu'est-ce qui peut le confirmer ?

11 M. Lepic connaît-il vraiment sa fille ? Qu'en sait le spectateur ?

12 Henriette risque-t-elle de devenir comme sa mère ? Pourquoi ?

13 D'après la longue tirade de M. Lepic (pp. 132-133, l. 133-158) expliquez en quoi consiste la religion de Mme Lepic.

Écrire

14 Faites le portrait physique et moral d'Henriette.

15 Le premier prétendant explique à M. Lepic pourquoi il renonce à épouser sa fille. Imaginez son discours.

16 M. Lepic et Paul ont une conversation sur le mariage 10 ans plus tard. En vous aidant de ce que vous savez d'Henriette et de son prétendant, imaginez leur dialogue.

Chercher

17 Recherchez ce que veut dire M. Lepic en parlant de la séparation de l'Église et de l'État.

À SAVOIR

HUMOUR ET IRONIE

L'« humour » est une forme d'esprit qui consiste à déformer la réalité afin d'en révéler ses aspects inattendus ou amusants. L'« ironie » est plus féroce et consiste à dire le contraire de ce qu'on veut faire entendre afin d'en révéler les travers ou les ridicules en se moquant.

LE DÉNOUEMENT

LA BIGOTE

Lire

1 Que va apporter à la pièce cette succession de scènes ? Dans quel ordre reviennent les personnages ?

2 Qui sera prévenu en dernier de l'issue de l'entretien ? Pourquoi ?

3 Pourquoi M. Lepic demeure impassible face à sa femme ? Pourquoi est-ce cohérent avec ce que l'on sait des personnages ?

4 En quoi l'attitude de Mme Lepic est excessive dans la scène 10 ? Qu'apporte-t-elle à l'atmosphère de la pièce ?

5 Henriette semble-t-elle répondre aux désirs de sa mère ? Comment s'en démarque-t-elle ?

6 En quoi son jugement condamne-t-il aussi son père ?

7 Pourquoi le curé n'arrive-t-il qu'en fin de pièce ? Qu'est-ce que cela peut indiquer de son utilité ?

8 Comment se termine la pièce ? Montrez que ce dénouement demeure ambigu.

9 Qui a le dernier mot ? Est-ce vraiment le vainqueur de l'intrigue ? Pourquoi ?

10 Félix et Madeleine auront-ils la même vie que les parents Lepic ? Expliquez votre réponse.

Écrire

11 Imaginez que M. Lepic se ravise et revienne. Écrivez alors la scène 15, dans laquelle il se décide enfin à prendre la parole et à critiquer ouvertement sa femme.

Chercher

12 Qu'est-ce que cette scène va confirmer du comportement de Mme Lepic ? Relevez tous les éléments qui jalonnent la pièce et se retrouvent dans les dernières scènes.

13 Recherchez, dans le texte, les indications de costumes ou de mouvements qui permettent de bâtir les personnages en les classant ainsi : personnage de comédie, personnage de farce, personnage de drame...

À SAVOIR

LA SATIRE ET LA FARCE

La « satire » est un discours, en vers ou en prose, qui s'attaque à quelque chose (institution, mœurs, groupe social...), en s'en moquant et en en soulignant les ridicules. La satire utilise le plus souvent le comique de situation, l'humour et l'ironie. La « farce » est une pièce comique qui a d'abord pour but de faire rire, mais grâce, souvent, à un personnage grotesque qui peut éventuellement représenter un groupe social ou professionnel.

I) L'ENFANCE MALHEUREUSE

Le thème de l'enfance est très fréquemment abordé en littérature, soit sous forme de souvenirs plus ou moins reconstitués ou retravaillés, écrits alors à la première personne du singulier, soit sous forme de roman. L'enfant se heurte à l'incompréhension de parents maladroits ou autoritaires. Il circule, solitaire et fragile, essayant maladroitement de se protéger contre cet univers fermé et mystérieux qu'est le monde des adultes. Les malentendus qui naissent alors sont le plus souvent provoqués par l'adulte trop sévère, trop égoïste qui grossit exagérément une faute, en invente, et fait naître chez l'enfant un sentiment de culpabilité lourd à porter ou le terrorise. L'abondance de ce thème et la diversité des textes qui l'illustrent montrent à quel point l'enfance tient une place prépondérante dans l'écriture quand elle n'en est pas le véritable moteur.

Roald Dahl (1916-1990)

Matilda (1988)

Matilda est une fillette surdouée ; à cinq ans, elle lit déjà abondamment. Ses parents, qui ne s'intéressent qu'à la télévision et à l'argent, ne la comprennent pas et supportent mal sa différence. Un soir, M. Verdebois rentre chez lui de mauvaise humeur et allume la télévision, alors que Matilda est en train de lire dans le salon.

M. Verdebois appuya sur le bouton de la télévision. L'écran s'alluma. Les haut-parleurs se mirent à brailler. M. Verdebois fixa sur Matilda un œil torve. Elle n'avait pas bougé. Depuis longtemps, elle s'était entraînée à fermer les oreilles au vacarme de l'infernal appareil. Elle continua donc à lire – ce qui exaspéra son père. Peut-être était-il d'autant plus furieux qu'il voyait sa fille tirer plaisir d'une activité pour lui inaccessible.

– T'arrêteras donc jamais de lire ? lui lança-t-il.

– Oh, bonjour, papa, fit-elle d'un ton sucré. Tout s'est bien passé, aujourd'hui ?

– Qu'est-ce que c'est que cette idiotie ? dit-il en lui arrachant le livre des mains.

– Ce n'est pas une idiotie. […] C'est très beau, je t'assure, ça raconte…

– Ce que ça raconte, je veux pas le savoir, aboya M. Verdebois. De toute façon, j'en ai plein le dos de tes bouquins. Trouve-toi donc quelque chose d'utile à faire, pour changer.

Et, avec une violence alarmante, il se mit à arracher par poignées les pages du livre pour les jeter dans la corbeille à papiers.

Matilda resta figée d'horreur. Son père continuait de plus belle à mettre le livre en pièces. Sans doute éprouvait-il une sorte de jalousie. « Comment ose-t-elle se complaire à lire des livres alors que j'en suis incapable ? »

– C'est un livre de la bibliothèque ! cria Matilda. Il n'est pas à moi ! Je dois le rendre à Mme Folyot !

– Eh ben, tu lui en rachèteras un autre, voilà tout, dit le père en continuant à déchiqueter le livre. Tu économiseras sur ton argent de poche jusqu'à ce que tu aies assez dans ta tirelire pour en acheter un autre, à ta chère Mme Folyot.

Sur quoi, il jeta la couverture, maintenant vide du volume, dans la corbeille et sortit à grands pas de la pièce, laissant tonitruer la télévision.

Nathalie Sarraute (1900-1999)

Enfance (1983)

La narratrice vit chez son père et n'a pas revu sa mère, Mme Boretzki, depuis trois ans. Celle-ci a décidé de passer le mois d'août à Paris en compagnie de sa fille, mais, le lendemain de son arrivée, la fillette doit se rendre aux grandes eaux de Versailles avec sa belle-mère et deux amies.

Comment ai-je dit à maman que le lendemain… c'était le lendemain de son arrivée… je devais aller à Versailles, et que je viendrais la voir à mon retour ? Comment a-t-elle réagi à cela ? […] Je n'ai rien retenu…

– En tout cas, ce dimanche-là… et cela ne s'est jamais effacé, c'est d'une parfaite clarté… lorsque, dans l'après-midi, j'ai couru à l'« Hôtel Idéal » et que j'ai demandé en bas si Mme Boretzki était là, il m'a été répondu : « Non, Mme Boretzki est sortie. – Et quand va-t-elle rentrer ? – Elle n'a rien dit. »

Et le lendemain matin, quand je suis arrivée dans la chambre de maman, elle m'a annoncé qu'elle allait partir, rentrer en Russie le soir même, elle avait déjà retenu sa place dans le train… […]

Je devais être médusée par l'étonnement. Écrasée sous le poids de ma faute, assez lourde pour avoir pu amener une pareille réaction. Et peut-être ai-je eu quelques soubresauts de révolte, de colère… Je n'en sais rien.

Ce qui seul se dégage de l'oubli et ressort, c'est, peu de temps avant que nous nous quittions, ceci : elle est assise à côté de moi, à ma gauche, sur le banc d'un jardin ou d'un square, il y a des arbres autour… je regarde dans la lumière du soleil couchant son joli profil doré et rose, et elle regarde devant elle de son regard dirigé au loin et elle me dit : « C'est étrange, il y a des mots qui sont aussi beaux dans les deux langues… Écoute comme il est beau en russe le mot *gniev*, et comme en français *courroux* est beau… C'est difficile de dire lequel a plus de force, plus de noblesse… Elle répète avec une sorte de bonheur "gniev"… "courroux"… elle écoute, elle hoche la tête…, Dieu que c'est beau… Et je réponds : Oui. »

Tout de suite après le départ de maman, nous sommes allés habiter comme chaque été une villa à Meudon… J'avais probablement un air accablé, morne et triste que Véra et mon père devaient trouver ridicule, exaspérant… et qui a dû un beau jour, peu de temps après le départ de maman, inciter mon père à venir vers moi, brandissant une lettre... « Tiens, voilà ce que ta mère m'écrit, regarde... » Et je vois tracée la grosse écriture de maman : *Je vous félicite, vous avez réussi à faire de Natacha un monstre d'égoïsme. Je vous la laisse...*

Charles Dickens (1812-1870)

David Copperfield (1849-1850)

La mère de David s'est remarié avec M. Murdstone, homme dur et sévère qui, avec l'aide de sa sœur, vieille fille austère et désagréable, a entrepris son éducation.

J'entre dans le petit salon après le déjeuner avec mes livres, un cahier et une ardoise. Ma mère est prête et m'attend à son bureau, mais elle n'est pas à moitié aussi prête que M. Murdstone dans son fauteuil près de la fenêtre (bien qu'il fasse semblant de lire un livre) ou que Mlle Murdstone, qui est assise près de ma mère et enfile des perles d'acier. La seule vue de ces deux êtres a une telle influence que je commence à sentir tous les mots que j'ai eu un mal infini à me mettre dans la tête glisser et s'en aller je ne sais où... Au fait, je me demande où ils peuvent aller.

Je passe le premier livre à ma mère. C'est peut-être un manuel d'histoire ou de géographie. Je jette un dernier regard désespéré sur la page en le lui mettant dans les mains et je commence à réciter au pas de gymnastique, tandis que mes souvenirs sont encore frais. Je trébuche sur un mot. M. Murdstone lève les yeux. Je trébuche sur un autre mot. Mlle Murdstone lève les yeux. Je rougis, je m'embrouille dans une demi-douzaine de mots et je m'arrête. [...]

« Voyons, Davy, essaie encore une fois et ne sois pas stupide. »

J'obéis à la première injonction en essayant encore une fois, mais je ne réussis pas aussi bien pour la seconde, car je suis fort stupide. Je trébuche avant d'en arriver au même endroit que la première fois, en un point où tout allait bien tout à l'heure, et je m'arrête pour réfléchir. Mais je ne puis réfléchir à la leçon. [...] M. Murdstone fait un geste d'impatience auquel je m'attends depuis longtemps. Mlle Murdstone fait de même. Ma mère leur jette un regard soumis, ferme le livre et le met de côté comme un arriéré qu'il faudra que je liquide par mon travail [...] Les regards affligés que nous échangeons, ma mère et moi, tandis que je me traîne de bévue en bévue, sont vraiment mélancoliques. Mais l'effet le plus remarquable de ces misérables leçons est atteint quand ma mère (croyant que personne ne l'observe) essaye vainement de me souffler un mot en remuant les lèvres. [...] M. Murdstone se lève de son fauteuil, prend le livre, me le jette, ou s'en sert pour me souffleter, et me fait sortir de la pièce en me poussant par les épaules.

II) POIL DE CAROTTE : LES ORIGINES DE LA PIÈCE

La pièce *Poil de Carotte* trouve bien sûr ses sources dans le roman du même titre écrit par Jules Renard et dont certains épisodes sont repris, apportant des précisions sur le passé de Poil de Carotte et sa façon de vivre les événements comme dans le chapitre « Parrain » ; montrant ses tentatives pour échapper à une corvée extrêmement pesante comme dans « Les poules », ou reprenant directement des passages du roman qui deviennent dans la pièce des répliques humoristiques (« La dent de sagesse »). La comparaison de ces passages est intéressante et permet de réfléchir sur les particularités de l'écriture théâtrale, d'une part, et l'écriture romanesque, d'autre part, avec leurs exigences propres et leurs impératifs.

Jules Renard (1864-1910)

Les citations suivantes sont extraits de différents chapitres du roman *Poil de Carotte* (1894).

« Les Poules »

    « Poil de Carotte, va fermer les poules ! »

    Elle donne ce petit nom d'amour à son dernier-né, parce qu'il a les cheveux roux et la peau tachée. Poil de Carotte, qui joue à rien sous la table, se dresse et dit avec timidité :

    « Mais, maman, j'ai peur aussi, moi.

    – Comment ? répond Mme Lepic, un grand gars comme toi ! c'est pour rire. Dépêchez-vous, s'il te plaît. »

    [...]

Poil de Carotte, les fesses collées, les talons plantés, se met à trembler dans les ténèbres. Elles sont si épaisses qu'il se croit aveugle. Parfois une rafale l'enveloppe, comme un drap glacé, pour l'emporter. Des renards, des loups même, ne lui soufflent-ils pas dans ses doigts, sur sa joue ? Le mieux est de se précipiter au juger, vers les poules, la tête en avant afin de trouer l'ombre. Tâtonnant, il saisit le crochet de la porte. Au bruit de ses pas, les poules effarées s'agitent en gloussant sur leur perchoir. Poil de Carotte leur crie : « Taisez-vous donc, c'est moi ! », ferme la porte et se sauve, les jambes, les bras comme ailés. Quand il rentre, haletant, fier de lui, dans la chaleur et la lumière il lui semble qu'il échange des loques pesantes de boue et de pluie contre un vêtement neuf et léger. Il sourit, se tient droit, dans son orgueil, attend les félicitations, et, maintenant hors de danger, cherche sur le visage de ses parents la trace des inquiétudes qu'ils ont eues.

Mais grand frère Félix et sœur Ernestine continuent tranquillement leur lecture, et Mme Lepic lui dit de sa voix naturelle :

« Poil de Carotte, tu iras les fermer tous les soirs. »

« La dent de sagesse »
M. Lepic et Poil de Carotte échangent des lettres.

De Poil de Carotte à M. Lepic :

Mon cher Papa,

Je t'annonce avec plaisir qu'il vient de me pousser une dent. Bien que je n'aie pas l'âge, je crois que c'est une dent de sagesse précoce. J'ose espérer qu'elle ne sera point la seule et je te satisferai toujours par ma bonne conduite et mon application.

Ton fils affectionné.

Réponse de M. Lepic :

Mon Cher Poil de Carotte,

Juste comme ta dent poussait, une des miennes se mettait à branler. Elle s'est décidée à tomber hier matin. De telle sorte que, si tu possèdes une dent de plus, ton père en possède une de moins. C'est pourquoi il n'y a rien de changé et le nombre des dents de la famille reste le même.

Ton père qui t'aime.

« Parrain »
Poil de Carotte va de temps en temps chez son parrain.

Quelquefois Mme Lepic permet à Poil de Carotte d'aller voir son parrain et même de coucher avec lui. C'est un vieil homme bourru et solitaire, qui passe sa vie à la pêche ou dans la vigne. Il n'aime personne et ne supporte que Poil de Carotte.

« Te voilà, canard ! dit-il.

– Oui, parrain, dit Poil de Carotte sans l'embrasser ; m'as-tu préparé ma ligne ?

– Nous en aurons assez d'une pour nous deux », dit parrain.

Poil de Carotte ouvre la porte de la grange et voit sa ligne prête. Ainsi son parrain le taquine toujours, mais Poil de Carotte ne se fâche plus et cette manie du vieil homme complique à peine leurs relations. Quand il lui dit oui, il veut dire non et réciproquement. Il ne s'agit que de ne pas s'y tromper.

« Si ça l'amuse, ça ne me gêne guère », pense Poil de Carotte.

Et ils restent bons camarades.

Parrain, qui d'ordinaire ne fait de cuisine qu'une fois par semaine, met au feu, en l'honneur de Poil de Carotte, un grand pot de haricots avec un bon morceau de lard et, pour commencer la journée, le force à boire un verre de vin pur.

Puis ils vont pêcher.

BIBLIOGRAPHIE

Œuvres de Jules Renard
Journal 1887/1910.

- **Romans et nouvelles**

Crime de village, Les Cloportes, L'Écornifleur, L'Œil Clair, Nos Frères farouches, Ragotte, Coquecigrue, La Lanterne sourde, Le Vigneron dans sa vigne, Poil de Carotte, Histoires naturelles.

- **Théâtre**

La Demande, La Maîtresse, Poil de Carotte, Monsieur Vernet, La Bigote, Le Plaisir de rompre.

Sur le théâtre

– André Degaine, *Promenades théâtrales à Paris.*
– André Degaine, *Histoire du théâtre.*

Réactions autour de *Poil de Carotte*

– *La Revue Blanche*, 1er avril 1900.
– *Les Annales*, 11 mars 1900.

Sur l'enfance malheureuse et le travail des enfants

– Alain Serres, *Le grand livre des droits de l'enfant*, Éditions Rue du monde, illustrations de Pef.
– *La Situation des enfants dans le monde*, 1998, UNICEF.
– *Les Clés de l'Actualité* du 11/12/98.
– *Les Clés de l'Actualité Junior* n° 181 3/12/98 et n° 189 15/1/99.
– *Le Journal des Enfants* 13/10/95 et 23/11/98.
– *Mon Quotidien* 10/12/98.
– *OKAPI* n° 614.
– *Tableau de l'état physique et moral des ouvriers, 1840, École des Lettres*, 15 février 99.

FILMOGRAPHIE

Poil de Carotte a été porté à l'écran :

– En 1932, par Julien Duvivier, avec Harry Baur et Catherine Fonteney, dans le rôle des Lepic et Robert Lynen dans le rôle de Poil de Carotte.
– En 1952, par Paul Mesnier, avec Raymond Souplex, Germaine Dermoz et CriCri Simon.
– En 1973, par Henri Graziani avec Philippe Noiret et Monique Chaumette pour les Lepic et François Cohn pour Poil de Carotte.

LIEUX

À Chitry, buste de Jules Renard en bronze par Sirdey.
À Paris, rue du Rocher, une plaque est apposée sur la maison qu'il a habité.
Le lycée de Nevers, où il a fait ses études, porte son nom.

CONSULTER INTERNET

Jules Renard
- **Œuvres de Jules Renard en ligne**

http ://cedric.cnam.fr/ABU/BIB/auteurs/renardj.html
- **Biographie**

http ://perso.infonie.fr/otsicorbigny/
- **Les écrivains du siècle (Émission télévisée)**

www.france3.fr (taper « jules renard »)

L'enfance maltraitée
- **Quid en ligne**

http ://www.quid.fr/web/famille/Q049700. HTM
- **Secrétariat d'État à la santé et à l'action sociale**

Jules http ://www.social.gouv.fr/htm/actu/31_990922.htm
- **Action humanitaire contre la maltraitance des enfants**

http ://www.enfants-arlequin.com/

Classiques & Contemporains

SÉRIES COLLÈGE ET LYCÉE

1 **Mary Higgins Clark,** *La Nuit du renard*
2 **Victor Hugo,** *Claude Gueux*
3 **Stephen King,** *La Cadillac de Dolan*
4 **Pierre Loti,** *Le Roman d'un enfant*
5 **Christian Jacq,** *La Fiancée du Nil*
6 **Jules Renard,** *Poil de Carotte* (comédie en un acte),
   suivi de *La Bigote* (comédie en deux actes)
7 **Nicole Ciravégna,** *Les Tambours de la nuit*
8 **Sir Arthur Conan Doyle,** *Le Monde perdu*
9 **Poe, Gautier, Maupassant, Gogol,** *Nouvelles fantastiques*
10 **Philippe Delerm,** *L'Envol*
11 *La Farce de Maître Pierre Pathelin*
12 **Bruce Lowery,** *La Cicatrice*
13 **Alphonse Daudet,** *Contes choisis*
14 **Didier van Cauwelaert,** *Cheyenne*
15 **Honoré de Balzac,** *Sarrazine*
16 **Amélie Nothomb,** *Le Sabotage amoureux*
17 **Alfred Jarry,** *Ubu roi*
18 **Claude Klotz,** *Killer Kid*
19 **Molière,** *George Dandin*
20 **Didier Daeninckx,** *Cannibale*
21 **Prosper Mérimée,** *Tamango*
22 **Roger Vercel,** *Capitaine Conan*
23 **Alexandre Dumas,** *Le Bagnard de l'Opéra*
24 **Albert t'Serstevens,** *Taïa*
25 **Gaston Leroux,** *Le Mystère de la chambre jaune*
26 **Éric Boisset,** *Le Grimoire d'Arkandias*
27 **Robert Louis Stevenson,** *Le Cas étrange du Dr Jekyll et de M. Hyde*
28 **Vercors,** *Le Silence de la mer*
29 **Stendhal,** *Vanina Vanini*
30 **Patrick Cauvin,** *Menteur*
31 **Charles Perrault, Mme d'Aulnoy, etc.,** *Contes merveilleux*
32 **Jacques Lanzmann,** *Le Têtard* (épuisé)
33 **Honoré de Balzac,** *Les Secrets de la princesse de Cadignan* (épuisé)
34 **Fred Vargas,** *L'Homme à l'envers*
35 **Jules Verne,** *Sans dessus dessous*
36 **Léon Werth,** *33 Jours*
37 **Pierre Corneille,** *Le Menteur*
38 **Roy Lewis,** *Pourquoi j'ai mangé mon père*
39 **Charles Baudelaire,** *Les Fleurs du Mal*

40 **Yasmina Reza,** « *Art* »
41 **Émile Zola,** *Thérèse Raquin*
42 **Éric-Emmanuel Schmitt,** *Le Visiteur*
43 **Guy de Maupassant,** *Les deux Horla*
44 **H. G. Wells,** *L'Homme invisible* (épuisé)
45 **Alfred de Musset,** *Lorenzaccio*
46 **René Maran,** *Batouala*
47 **Paul Verlaine,** *Confessions*
48 **Voltaire,** *L'Ingénu*
49 **Sir Arthur Conan Doyle,** *Trois Aventures de Sherlock Holmes*
50 *Le Roman de Renart*
51 **Fred Uhlman,** *La Lettre de Conrad* (épuisé)
52 **Molière,** *Le Malade imaginaire*
53 **Vercors,** *Zoo ou l'assassin philanthrope*
54 **Denis Diderot,** *Supplément au Voyage de Bougainville*
55 **Raymond Radiguet,** *Le Diable au corps* (épuisé)
56 **Gustave Flaubert,** *Lettres à Louise Colet*
57 **Éric-Emmanuel Schmitt,** *Monsieur Ibrahim et les fleurs du Coran*
58 **George Sand,** *Les Dames vertes* (épuisé)
59 **Anna Gavalda, Dino Buzzati, Julio Cortázar, Claude Bourgeyx, Fred Kassak, Pascal Mérigeau,** *Nouvelles à chute*
60 **Maupassant,** *Les Dimanches d'un bourgeois de Paris*
61 **Éric-Emmanuel Schmitt,** *La Nuit de Valognes*
62 **Molière,** *Dom Juan*
63 **Nina Berberova,** *Le Roseau révolté*
64 **Marivaux,** *La Colonie* suivi de *L'Île des esclaves*
65 **Italo Calvino,** *Le Vicomte pourfendu*
66 *Les Grands Textes fondateurs*
67 *Les Grands Textes du Moyen Âge et du XVIe siècle*
68 **Boris Vian,** *Les Fourmis*
69 *Contes populaires de Palestine*
70 **Albert Cossery,** *Les Hommes oubliés de Dieu*
71 **Kama Kamanda,** *Les Contes du Griot*
72 **Bernard Werber,** *Les Fourmis* (Tome 1) (épuisé)
73 **Bernard Werber,** *Les Fourmis* (Tome 2) (épuisé)
74 **Mary Higgins Clark,** *Le Billet gagnant et deux autres nouvelles*
75 *90 poèmes classiques et contemporains*
76 **Fred Vargas,** *Pars vite et reviens tard*
77 **Roald Dahl, Ray Bradbury, Jorge Luis Borges, Fredric Brown,** *Nouvelles à chute 2*
78 **Fred Vargas,** *L'Homme aux cercles bleus*
79 **Éric-Emmanuel Schmitt,** *Oscar et la dame rose*
80 **Zarko Petan,** *Le Procès du loup*
81 **Georges Feydeau,** *Dormez, je le veux !*
82 **Fred Vargas,** *Debout les morts*
83 **Alphonse Allais,** *À se tordre*

84 **Amélie Nothomb,** *Stupeur et Tremblements*
85 *Lais merveilleux des XIIe et XIIIe siècles*
86 *La Presse dans tous ses états – Lire les journaux du XVIIe au XXIe siècle*
87 *Histoires vraies – Le Fait divers dans la presse du XVIe au XXIe siècle*
88 **Nigel Barley,** *L'Anthropologie n'est pas un sport dangereux*
89 **Patricia Highsmith, Edgar A. Poe, Guy de Maupassant, Alphonse Daudet,** *Nouvelles animalières*
90 **Laurent Gaudé,** *Voyages en terres inconnues – Deux récits sidérants*
91 **Stephen King,** *Cette impression qui n'a de nom qu'en français et trois autres nouvelles*
92 **Dostoïevski,** *Carnets du sous-sol*
93 **Corneille,** *Médée*
94 **Max Rouquette,** *Médée*
95 **Boccace, E.A. Poe, P.D. James, T.C. Boyle, etc.,** *Nouvelles du fléau – Petite chronique de l'épidémie à travers les âges*
96 *La Résistance en prose – Des mots pour résister*
97 *La Résistance en poésie – Des poèmes pour résister*
98 **Molière,** *Le Sicilien ou l'Amour peintre*
99 **Honoré de Balzac,** *La Bourse*
100 **Paul Reboux et Charles Muller,** *À la manière de... – Pastiches classiques*
100 bis **Pascal Fioretto,** *Et si c'était niais ? – Pastiches contemporains*
101 *Ceci n'est pas un conte et autres contes excentriques du XVIIIe siècle*
102 **Éric-Emmanuel Schmitt,** *Milarepa*
103 **Victor Hugo,** *Théâtre en liberté*
104 **Laurent Gaudé,** *Salina*
105 **George Sand,** *Marianne*
106 **E.T.A. Hoffmann,** *Mademoiselle de Scudéry*
107 **Charlotte Brontë,** *L'Hôtel Stancliffe*
108 **Didier Daeninckx,** *Histoire et faux-semblants*
109 **Éric-Emmanuel Schmitt,** *L'Enfant de Noé*
110 **Jean Anouilh,** *Pièces roses*
111 **Amélie Nothomb,** *Métaphysique des tubes*
112 **Charles Barbara,** *L'Assassinat du Pont-Rouge*
113 **Maurice Pons,** *Délicieuses frayeurs*
114 **Georges Courteline,** *La Cruche*
115 **Jean-Michel Ribes,** *Trois pièces facétieuses*
116 **Sam Braun (entretien avec Stéphane Guinoiseau),** *Personne ne m'aurait cru, alors je me suis tu*
117 **Jules Renard,** *Huit jours à la campagne*
118 **Ricarda Huch,** *Le Dernier Été*
119 *Les Aventures extraordinaires d'Adèle Blanc-Sec*
120 **Éric Boisset,** *Nicostratos*
121 **Éric-Emmanuel Schmitt,** *Crime parfait et Les Mauvaises Lectures – Deux nouvelles à chute*
122 **Mme de Sévigné, Diderot, Voltaire, George Sand,** *Lettres choisies*
123 **Alexandre Dumas,** *La Dame pâle*
124 **E.T.A. Hoffmann,** *L'Homme au sable*

125 *La Dernière Lettre – Paroles de Résistants fusillés en France (1941–1944)*
126 **Olivier Adam,** *Je vais bien, ne t'en fais pas*
127 **Jean Anouilh,** *L'Hurluberlu – Pièce grinçante*
128 **Yasmina Reza,** *Le Dieu du carnage*
129 **Colette,** *Claudine à l'école*
130 *Poèmes engagés*
131 **Pierre Benoit,** *L'Atlantide*
132 **Louis Pergaud,** *La Guerre des boutons*
133 **Franz Kafka,** *La Métamorphose*
134 **Daphné du Maurier,** *Les Oiseaux et deux autres nouvelles*
135 **Daniel Defoe,** *Robinson Crusoé*
136 **Alexandre Pouchkine,** *La Dame de pique*
137 **Oscar Wilde,** *Le Crime de Lord Arthur Savile*
138 **Laurent Gaudé,** *Médée Kali*

SÉRIE BANDE DESSINÉE (en coédition avec Casterman)

1 **Tardi,** *Adèle Blanc-sec – Adèle et la Bête*
2 **Hugo Pratt,** *Corto Maltese – Fable de Venise*
3 **Hugo Pratt,** *Corto Maltese – La Jeunesse de Corto*
4 **Jacques Ferrandez,** *Carnets d'Orient – Le Cimetière des Princesses*
5 **Tardi,** *Adieu Brindavoine* suivi de *La Fleur au fusil*
6 **Comès,** *Dix de der* (épuisé)
7 **Enki Bilal et Pierre Christin,** *Les Phalanges de l'Ordre noir*
8 **Tito,** *Tendre banlieue – Appel au calme*
9 **Franquin,** *Idées noires*
10 **Jean-Michel Beuriot et Philippe Richelle,** *Amours fragiles – Le Dernier Printemps*
11 **Ryuichiro Utsumi et Jirô Taniguchi,** *L'Orme du Caucase*
12 **Jacques Ferrandez et Tonino Benacquista,** *L'Outremangeur*
13 **Tardi,** *Adèle Blanc-sec – Le Démon de la Tour Eiffel*
14 **Vincent Wagner et Roger Seiter,** *Mysteries – Seule contre la loi*
15 **Tardi et Didier Daeninckx,** *Le Der des ders*
16 **Hugo Pratt,** *Saint-Exupéry – Le Dernier Vol*
17 **Robert Louis Stevenson, Hugo Pratt et Mino Milani,** *L'Île au trésor*
18 **Manchette et Tardi,** *Griffu*
19 **Marcel Pagnol et Jacques Ferrandez,** *L'Eau des collines – Jean de Florette*
20 **Jacques Martin,** *Alix – L'Enfant grec*
21 **Comès,** *Silence*
22 **Tito,** *Soledad – La Mémoire blessée*

SÉRIE ANGLAIS

Allan Ahlberg, *My Brother's Ghost*
Saki, *Selected Short Stories*
Edgar Allan Poe, *The Black Cat,* suivie de *The Oblong Box*
Isaac Asimov, *Science Fiction Stories*
Sir Arthur Conan Doyle, *The Speckled Band*
Truman Capote, *American Short Stories*

NOTES PERSONNELLES

NOTES PERSONNELLES

Remerciement de l'éditeur : à Laetitia Serres, pour son choix judicieux...

Couverture
Conception graphique : Marie-Astrid Bailly-Maître
Scène en pâte à modeler : Agniechka Podgorski

Intérieur
Structuration du texte : Roxane Casaviva
Conception graphique : Marie-Astrid Bailly-Maître
Réalisation : Nord Compo

© Éditions Magnard, 2005 – 5, allée de la 2ᵉ D. B. – 75015 Paris
www.magnard.fr

Achevé d'imprimer en juillet 2012
par «La Tipografica Varese S.p.A.»
N° éditeur : 2012-0243
Dépôt légal : juillet 2000

Certifié PEFC

Ce produit est issu
de forêt gérées
durablement et de
sources contrôlées

PEFC/18-31-264   www.pefc-france.org